講談社文庫

# ツンドラモンスーン

The cream of the notes 4

森 博嗣
MORI Hiroshi



講談社

# まえがき

シリーズ四冊めである。順番に、『つぶやきのクリーム』『つぼやきのテリーヌ』『つぼねのカトリーヌ』ときて、『ツンドラモンスーン』になった。一年に一冊ずつ出している文庫書き下ろしのエッセィ集で、著者はあの森博嗣だ。

今回、最初は「中部焼き肉の国」か「チューブ焼き海苔グミ」か迷ったが、考えて考えて「ツンドラモンスーン」になった。清水の舞台から飛び降りた羽アリになった気分で決断したが、おそらく大勢の懐に飛び込んだ山荒らし的な違和感の温床となるにちがいない。違和感というより不快感が近距離か。さらば耐えん、この苦境に。

もっとも、僕は巫山戯《ふざけ》ているわけではない、とはけして言わない。何故なら、巫山戯ているからだが、本書の内容は、そんなには巫山戯ていないと思う。けっこうまともに考えて書いているのだ。ただ、考えている頭がまともかどうか、という話になる。それは、その同じ頭で考えて答が出る問題ではないし、読む人にもたぶんわからないだろう。頭の良い人は、こんな本を読まないからだ、とはけして言わない。

実は、大和書房から一年に一冊出ている「１００の講義」シリーズが、本書とまったく同じシリーズである。同じように考えて、同じような冗談加減で執筆している。それが、こちらの「クリームシリーズ」は、書いたままの順に並んでいて、むこうは、編集者が並べ替え、章立てして、いかにも自己啓発っぽい本のように装っている。はっきり言って、むこうの方がありがたみがあると思う。

　こちらのシリーズを読むとわかるが、まったく脈絡もなく書いているのである。普段から脈絡もなく考えているので、自然にこうなってしまう。単一のテーマで一冊の本を書くことに比べると、頭を使う作業になる。脈絡のないことを書くのは、けっこう大変なのだ。特に小説に比べると疲れる。小説の執筆はその点、とても楽である。

　四冊めが出たから、思い切って五冊めも出したいと今は考えている。しかし、そこが潮時かもしれないな、とも思う。「三冊めが潮時だった」とも考えたが、それは忘れて書いた。好きで書いているのではなく、仕事で書いているのだから、そのくらいの責任はあるだろう。社会に対して使命感を持っているということは、ほぼない。でも、何万人もの人がこの本を読んでくれる。そうなると、幾らかの人は、なにかを得るらしい。そういう噂が地球の裏側まで届くのだ。たぶん、偏西風（ジェット気流とも呼ばれる）だろう。そんなイメージで、「ツンドラモンスーン」にした。

二〇一五年七月

contents

# ツンドラモンスーン
## The cream of the notes 4

# 1 現代人が求める「気づき」は、「気づきたい」ことでしかない。

「気づき」というのは、簡単に言えば、「ああ、なるほどね」と思わず口にしたくなる体験のことである。これは、「わかりました」とは全然違う。自分にもたらされる新しい情報にはちがいないのだけれど、単なる「知識増」ではなく、自分があらかじめ持っていた疑問の氷解であったり、あるいはまったく無関連だと認識していたものが突然つながったり、そんな驚きを伴った納得があって、その体験がなかなかに愉快なのだ。おそらく、このような「気づき」によって、頭脳の中でニューロンが新たな回路を築くのではないか、ということは「築き」なのか（駄洒落か）、と勝手に（専門分野ではないので）想像している。

ところが、周囲の人たち、世間の人たちを観察していると、この「気づき」を求めているわりに、その方向性が大変に狭いのではないか、と感じることが多い。気づくためには、発見しなければならないが、それには探索が必要だ。しかし、多くの人は、ただじっと待っているか、あるいは自分が見つけたい方向、見つけたい箇所しか見ていない。自分の思ったとおりのことが見つからないか、と「検索」しているだけなのだ。極端な場合、自分が既に思っていることを、他者が言葉にすると、「そうでしょう！」と喜び、「気づき」が得られたなどと勘違いしている。まったく同じであれば、さすがに「気づき」ではないとわかるが、少し表現が違っていたり、多少の深い考察がされていたりすると、「そうそう、それそれ、そのとおり」と嬉しくなり、それで「気づき」が得られたような気分になってしまう。

こういった経験は、若者よりも年寄りの方が多くなる。それは、日頃から思うところ、感じるところが多く溜まっているからだが、自分では突き詰めて考えていない。それについて、少し考察してくれる内容に出会うと、「納得」が大きく感じられて満足するというわけである。全然悪いことではない。そうやって自分を確かめることは大事だ、とは思う。

ただ、このように、自分が納得したいものでしか気づかない人になっている場合が多い。少し方向性が違ったり、自分の思っていることと反対だったりすると、そちらには「気づき」はない、と瞬時に遮断《しゃだん》してしまう。

実は、逆なのだ。自分から遠い方が「気づき」は大きいし、価値がある。それを受け入れる柔軟性をいつまでも持っていることが、「気づき」のコツなのである。

# 2 「あれはカラスだよ」と言ってカラスを見ない子供たち。

カラスをじっと見たことがあるだろうか。カラスの顔、嘴《くちばし》、翼はどんな特徴を持っているだろう。ほかの鳥とどう違うだろう。わりと身近な鳥だから、観察しようと思えばいくらでもできる。でも、「黒い」しか言えなかったりする。

子供は、じっとカラスを見るだろうか。子供がどう見ているかを観察すると良い。べつにカラスだけの話ではない、植物でも虫でも、あるいは生物以外でも、物体以外でも良い。人はものをどれくらい観察するだろう。

僕は、人がものを見るところを観察するのが好きだ。そして思うのは、たいていの人は、「それが何か」を判断して観察をやめるということである。たとえば、自分の近くに動くものがあれば、それをじっと見る。それがカラスだとわかれば、目を逸らす。つまり、もう見切った、と感じるからだ。自分にとって、危険か安全か、という判断もあるだろう。しかし、それだけではない。たとえば、カラフルな鳥がいれば、カラスよりは長い時間見続けるのではないか。「あの綺麗なのは、何という鳥だろう」と思う。

この場合も、その鳥のことを知っていると、それで観察をやめてしまう人が多い。子供が、「あ、綺麗な鳥がいるよ」と指をさしても、「あれは、○○だ」と大人は言い捨てる。「名前がわかっていれば、それで良い」とでも言わんばかりである。それが、その鳥を「知っている」ことと同値だと子供に教えているようなものだ。カラスを知っているとは、「カラス」という名前を言えるだけのことだろうか？

同じようなことが、大勢の大人たちにもあったのだ。みんなが、あれは「安全」だと名づけていたものがあって、その名前だけで処理していた。そうして、じっと見ることをやめてしまっていた。心当たりはないだろうか。

学校のテストで、固有名詞を答えさせるのをやめてはどうか、と僕は考えたことがある。大勢が「大化の改新」を知っているけれど、それが何なのか本当に知っているだろうか。「大化の改新って何？」と誰かにきいてみると良い。せいぜい年号が言えるか、さらに固有名詞を二つ三つ言えるかくらいだ。「○○年に、○○と○○がやったやつだよね」と言う。「だから、それは何なの？」と僕は思ってしまう。

観察を妨げるものは、「知ったつもり」である。「自分は知らない」と思い続けることが、「知る」ことの原動力になる。これが好奇心というものだ。

# 3 シャーロック・ホームズって、冒険してますか？

「冒険」という言葉は、少年・少女たちの前にたびたび現れる。なんとなく、格好が良い。漫画やアニメや物語の主人公たちは、みんな冒険しているのだ。だから、自分も冒険がしてみたい、と小さい頃は憧れているだろう。それが、大人になってみると、どうしたことか、誰も冒険をしていない。周囲を見回してみて愕然とするほど、冒険とはほど遠い毎日を送っているのだ。大人というよりも、もう少し早いかもしれない。十代の前半、遅くても後半くらいだろうか。毎日真面目に勉強し、塾に通って、志望校を目指すようになる。好きなことといっても、せいぜい部活だったりゲームだったり、という程度。とても冒険とはいえない。

大人になると、「冒険」はむしろ悪い意味に使われる。「ちょっと、それは冒険だな」といえば、「危険」とほとんど同じ意味である。わかりやすく言えば、現代人が愛してやまない「安全」の反対だ。

「冒険」と「危険」は、もちろん同じ意味ではない。「冒険」とは、明らかに危険だとわかっていることに挑む、という意味である。わざわざ危険なものを探したり、場合によっては作ったりして、そこへ身を投じることだ。「冒険家」という人たちはそれが専門、あるいは仕事である。

ただ、そんな冒険家も、不可能に挑戦するのではない。可能な限りの対策を立て、緻密《ちみつ》な準備をし、危険に備えて鍛錬《たんれん》をする。成功の可能性を少しでも上げるためにあらゆる努力を惜しまない。たとえば、人類が月面に到達したのは、人類にとって素晴らしい冒険だった。冒険には、多くの人が感動する。命を懸けるだけの価値がある、ということだろう。

シャーロック・ホームズは、事件の謎を解く探偵であって、彼が得意とするのは頭脳戦である。推理によって犯人を突き止める。この場合、危険を冒しているのは、むしろ殺人犯の方であって、ホームズではない。僕にはそう受け取れるので、「シャーロック・ホームズの冒険」というよりは、「シャーロック・ホームズと冒険」ではないか、と思うのだ。

命がかかっていない危険もある。その意味では、博打《ばくち》や宝くじは冒険だ。ゲームになると、どんなに恐ろしい怪物が現れても、もう冒険とはいえない。それに比べれば、ほとんどの人の人生の方が、ずっと冒険らしい。

# 4 安全保障というのは、戦争をすることだったのか。

子供の頃にニュースなどで、大学生がヘルメットを被って、火炎瓶を投げているのを見た。そのとき「安保」という言葉を知った。「簡保」ではない。「安全保障」のことらしい。しかし、その意味がなかなかわからない。大人に尋ねると、日本の安全をアメリカが保障してくれる、という意味だという。ふうん、そうなのか、安全は良いことなのにどうしてそんなに反対するのだろう、と不思議に思った。幸い、学生運動は、僕が大学生になる寸前にすっと消えてしまったので、大学生になってから、ああいうファッションを見かけたことはない。

最近でも、「国家の安全」という言葉はよく聞かれるところだ。これは、原発のときの「絶対に安全なのか」という「安全」とは違う響きである。また、「安心」と「安全」は、それを妨げる「悪」が違っているみたいだ。

本当は同じだと思う。安全なら安心できる。安心できる状態が安全だ。しかし、「国の安全」だけは、他所の国が攻め込んできたら、それを迎え討つことを想定したものとして議論されている場合が多い。

　安全保障というと、本来は、外交や経済などを含めたトータルの活動を示す言葉だと僕は理解しているけれど、そうではなく、武力の保持とその行使によるものだと述べているものが最近多くなってきた。きな臭いことである。

「自衛」という言葉が、すなわち安全保障だと思っている人が多いということもある。だったら、自衛隊を安全保障隊にすれば良いのではないか。戦うことで、安全が保障できるという幻想がある。国民の命を守るためにはしかたがない。しかし、自衛隊の隊員だって国民なのである。戦争というのは、兵隊は殺しても良いが一般市民はいけない、と武士道みたいな甘いルールがまかり通っているらしい。兵隊は市民ではないのか？　「自衛は戦争ではない」という理屈も、非常に甘い。隙だらけの言論だ。もう少ししっかりと理論「武装」してもらいたい。

　今の世界は、経済的に各国が複雑に結びついているし、戦争が勝敗かかわらずマイナスになることも共通認識として浸透していると思うのだが、それでもまだ、軍備に金をかけて、「力」が強いことを見せようとしている。本当に不思議だ。

　きっと、人間は本能的に力に憧れているのだろう。そうとしか思えない。安全保障という言葉は、その力を正当化する弁解であり、詭弁《きべん》なのである。

# 5 少年Aの手記に対する騒動について。

「少年A」の手記出版がニュースで話題になっていた。マスコミでは、多くのコメンテータが出版の批判をした。被害者の遺族は抗議をしたらしい。犯罪を犯した者が、それをネタに印税を稼ぐのは不当だという意見や、それを社会に広める出版社を糾弾する声、さらには、本を買った大勢が一番悪いという指摘もあったようだ。いろいろな意見があって良いと思う。それに、その本を書くことも自由だし、出版するのも自由だと僕は思う。もちろん、買って読むのも悪いことではない。すべて、現在の法律では合法だ。もちろん、僕は興味がないので読んでいないが。

こういった騒ぎに何故なるのか、というと、それはマスコミが煽《あお》っているからだろう。マスコミが最初から取り上げなければ、本もこんなに売れなかっただろうし、大勢が気づかなかった。コメンテータの多くが訴えたように、マスコミが本当に否定的な立場だったら、共同して報道を控える手があったと思う。それをしなかった。むしろ、騒ぎが大きくなればネタとしては面白い、とマスコミは計算したのだろう。また、大騒ぎして反対している声も、同じく本の宣伝になっている。

すべての立場の人が、自分が関りたくなければ無視すれば良い。売りたくない書店は本を並べなければ良い。読みたくなければ読まなければ良い。出版して非難されたくなければ出版しなければ良い。その権利はみんなにある。それだけの話である。

もちろん、被害者の遺族が苦痛を感じれば、それを裁判などに訴えて、議論をすれば良いだろう。犯罪について加害者が出版をしたら、被害者が印税を請求できるという法律を、アメリカのように導入する手もある。法治国家である以上、そういった手続きと議論の上にしか正義はない。今はその法律が日本にはないのだから、どれだけ炎上しようが、「世論」や「多数」が正しいわけではない。

たとえば、違法な手段によって特ダネを摑んだ記者は、罪さえ償えば、そのネタを記事にできるのか、という問題になる。違法な手段で商売をしたら、収益は無効になるのが普通だ。その規定を、凶悪殺人にも導入する必要があるかもしれない。

ただ、罪を償った人間であれば、普通の市民として認めなければならないだろう。その一個人の合法的な行動を、寄《よ》って集《たか》って妨害しようとするのは、明らかな「差別」であり、中世的な感覚のリンチに近いものに見えてしまう。

発言は自由だが、発言が他者の「妨害」になると、もう自由とは認められない。

# 6 「いいね」「いやだな」は自分の中で留めておいた方が良い。

これは、まえの話の続きと捉えてもらっても良い。僕が、なにを言うのも自由だ、というのは、「僕は好きだな」「私は嫌だ」という発言は、みんなが自由にしても良い、ということ。それが個性というものだ。しかし、これらは感情であって、理屈ではない。理屈ではないものをみんなで集めて、投票のようにしてしまい、それが社会的「力」になるのは問題だ、という意味である。

もう少し具体的にいうと、少年Aが手記を世に出すのは、僕は好ましいとは思わない。どちらかというと、「困ったものだな」と感じる。でも、だからといって、出版社に出すなと要求するのは道理がない、ということなのだ。単に、「そんなことをする出版社は、僕は嫌いだな」と呟いて終わらせる問題なのだ。主張の声を上げて、賛同者を募って、圧力がかけられると考えることが間違っている。そこが、リンチ的であり、ファシズムに近い危険性を感じさせるのである。

「いいね」と呟けば、それで良い。近くにいる人がその声を聞いて、「へえ、そうなんだ」と思うのも、まあ良いだろう。しかし、今はその「いいね」が国民投票みたいに集計されてしまう。それを「世論」だと言う。そこがおかしい。好き嫌いは、意見ではない。論理でもない。そういうもので、審判が下されると勘違いしている大衆がいるように見えてしまって、僕は恐ろしく感じる。逃げ出したいくらいだ。

主張をするのは自由だ。自分が感じたことを表に出すのは、自分という人間の表現だからである。そして、賛同者を求めるのも自然だ。同じ意見の人がいて、ほっとするのも良い。自分が多数派なのだな、という確認ができる。けれども、それで少数派を攻撃するのは、間違っている。そこは踏みとどまってほしい。

現在のネット社会は、このような個人の「感情」を短時間に集計してしまう機能があって、「社会の声」などと報道される。その「声」が、意見なのか感情なのか、そういう分析をしていない。単なる声なのだ。呟きも、主張も、理屈も、区別がない。「嫌い」が多ければ、抹殺してしまっても良いのか？　気に入らなければ、とことん痛めつければ良いのか？　ここを踏み越えたら、人間は野獣と変わらないのではないだろうか。「平和」とは、そこを踏みとどまる環境のことだ。

感情を抑えろということではなく、理屈による思考をする。それが人の思い遣りだ、と僕は思う。大勢が平和に暮らせる社会に不可欠な要素だ、と思うのである。

# 7 「考えていかねばならない」で結ばれている文章がとても多い。

これは、僕自身でもよくあると思う。ようするに、問題提起をすると、最後にこの言葉になってしまうのだ。「いろいろ難しいことがあってね。みんなよく考えていないでしょう？　でも、もう少し注目しましょうよ」というくらいの意味である。

理想的には、その発言をした本人が、もう少し考えて、自分なりの結論を述べた方が良い。当然ながら、問題が提起できる人間ならば、多少は考えているはずだ。ただ、自分の意見をはっきりと述べてしまうと風当たりが強いとか、知らない情報があるかもしれないから断定するのは避けようとか、そんな保身も働く。僕の場合は、どちらかというと、本当にみんなに考えてもらいたいから、この言葉を使っている。少しでも大勢が考えれば、多少は社会が良い方向へ進むのではないか、と仄《ほの》かに信じているからだ。このあたりは、やや楽観かもしれない。

マスコミの場合は、やはり立場上、断言ができないのだろう。政治家なんかも、よく「今後検討していかなければならない重要な問題だ」と口にするが、意訳すると、

「その件については、今は考えても結論は出せない」くらいの感じだろう。

ようするに、「考えていかねばならない」と言いながら、ほとんどの人が考えない。それは、この言葉が既に死んでいることを意味している。普通は、「しなければならない」と言われれば、それをしないのは、いけないことであり、後ろめたいことであり、なにか罰則や不利益があったりするのだが、「考えなければならない」は、「考えていない」証拠が表に出ないので、なんとでも言い訳ができる。「いや、あれから、ときどき考えてはいるんだけれどね〜」なんて言えてしまう。考えても結論が出ない、といううやむや状態に、いつでも持ち込める。

しかし、考える目的は、結論を導くことだ。したがって、なんらかの結論が出なければ、考えなかったこととほぼ等しい。だったら、最初から「考えて結論を出さなければならない」と言うべきだったのか。

さらに、「考えなければならない」と「考えていかねばならない」のニュアンスの違いも巧妙である。「いかねば」というと、少しずつだんだんと考えていけば良い、すぐでなくても良い、みたいな空気が漂っている。「今は難しいということだけがわかる。考えるだけ無駄だ。そのうち、考えられるようになったら良いな」という気持ちにさせるのである。もう少し真剣に考えてもらいたい。

# 8 どんなに外れが続いても、当りの確率は高くならない。

くじがごく限られた本数で、引くたびにその数が減っていくような場合は、少しずつ当る確率が高くなる。しかし、毎回リセットするようなくじでは、確率は変わらない。「神様は公平だから、そのうち当てて下さる」というのは間違いで、常に公平なので、過去の当選者も落選者も同じ扱い、贔屓《ひいき》はなし、なのである。

地震などの災害でも、一度酷い目に遭ったからといって、もうこれっきりだろう、ということはない。案外、油断している人が多いので注意が必要だ。

動物というのは、酷い目に遭ったときのことをよく覚えているものだ。同じ状況を怖れるようになる。生存のためには、重要な能力といえる。だから、失敗や不運や不幸については、二度と自分がダメージを受けないように、と人間は考える。多くの場合、なんらかの対策を立てるだろう。辛ければ辛いほど、もうこりごりだ、と思って工夫をするし、工夫が無理な状況であるなら、精神的なガードを固めて、せめて落ち込まないように、と心構えをするようになる。

それでも、心のどこかには、「こんな酷いことはもう起こらないはずだ」という気持ちがある。同じ目にまた遭う事態になると、一度めよりも大きなダメージを受けることも多い。弱り目に祟《たた》り目だ。それで、潰れてしまう人もいるだろう。危険の確率というものは、これまでの履歴に関らない場合がほとんどだ。災難は繰り返す、災難は忘れた頃にやってくる、などの教訓も語っている。つまり、覚悟というものは、常にリセットしていく必要がある、ということだ。

この逆で、良いことがあれば、また良いことがある、という「信仰」も根強い。宝くじの当りがよく出る店、などという看板を見かけたりする。「自分はついているのだから今がチャンスだ」とか、「これまで乗り切ってきたのだから大丈夫だ」とか、まったく根拠のない現状把握をする人が意外に多いので、はらはらする。

どうも、悪いことは続かない、良いことは続く、という希望が予測に混入している結果のようだ。どちらかというと、悪いことは続く、良いことは続かない、と悲観する方が、少なくとも安全であり、対策を立てるときには正しい姿勢といえるだろう。

ただ、「そろそろ幸せがやってくる」というような気持ちは、それはそのとおりかもしれない。辛さのどん底にあれば、もうそれ以上は辛くならないのだから、間違いではない。それは精神状態の話である。外的要因の確率は、気持ちとは無関係だ。

# 9 妬みやひがみは、人を見下した言葉で口から出る。

すっかり日本社会に定着した「上から目線」という表現であるが、この言葉で他者を非難する人間は、「あいつの上から目線、何なの？　気持ち悪いよな」という具合に、非常に人を見下した言葉を使う。すなわち、上から目線を実践してやり返している姿勢が顕著だ。もし、本当に上から目線を感じるならば、謙《へりくだ》った言葉で、「あの方の上から目線はいかがなものでしょうか？」くらいにしてほしい。この方が状況が強調されて説得力がある。

それ以前に、妬《ねた》みひがみが、自分を卑下した感情なので、この感情が自身を低く落ち込ませ、周囲をすべて相対的に高く見せることになる。だから、周囲に原因があるのではなく、ただ、この人がそう錯覚している、というだけのことが多い。

たとえば、この本は、僕が感じたこと、思ったことを書いているものだが、べつに人に賛同してくれと求めてもいないし、書いていることが正義だとも感じない。ただ、こんなふうに考える人間がここに一人いるのですよ、という意味、それだけである。本の読者は、自分の役に立ちそうなことを拾い、あるいは少し考えることができる。その結果、得をするのは読者本人であって、もちろん僕ではない。僕は、読者の立場を知らないから、上下の目線など無意味なのだ。

人からものをもらう場合、頭を下げる。そのときに、「人にものを与えるなんて、なんて上から目線なんだ」と怒る人がいるだろうか？

感謝というのは、一時的に相手を持ち上げる気持ちだ。水が高いところから低いところへ流れるように、自分を低く位置づけると、あらゆるものが自分の方へ流れてくる。教えてもらえるし、助けてもらえるし、心配してもらえるし、あるときは愛されることもあるだろう。この「相手を上に見る視線」が、感謝というものである。

このときに、自分が低いと劣等感を抱く人がいる、ということだ。たしかに、もらってばかりの人生だと、その鬱憤《うっぷん》があるのかもしれない。でも、それは言葉の問題ではない。実際に、人に与えるものがあるかないか、なのだ。人間は、それぞれに高い部分と低い部分を持っていて、お互いに与え合い、授かり合っている。これが「交換」であって、社会を支えている大原則にほかならない。

「上から目線だ」と相手を非難すれば、言った自分を貶《おとし》めていることになる。上下など、ころころと入れ替わるものだと思っていれば良いのでは？

# 10 「天才」を描くときの限界は、読者の理解力である。

「物語に天才を登場させるとき、優れた頭脳を描くには、作者の頭脳が限界になる」という内容の発言をたびたび耳にする。そう思っている人が多いみたいだ。

そんなことはないだろう、と僕は思う。天才と凡人の差というのは、主としてクロックの差、メモリィ量の差である。これは、コンピュータの性能と同じだ。だから、ここぞというときに、適切な判断や精確な答が出せるかどうかで、非常に大きな差が出ることは確かだ。しかし、その天才を物語で描く場合は、いくらでも時間がかけられるし、資料収集も調査もやり放題なのだから、クロックやメモリィ量の差は完全に克服できる。誰でも天才を描けるはずなのだ。

ただ、天才を知っているかどうか、ということはあるだろう。実際の天才を知らないと、自分が読んだ物語や、見たことがあるドラマや映画からしか天才像を作れないかもしれない（想像力があれば、これも克服できるけれど）。

天才の計算が緻密で、物事を予測して的中させる、ということも、物語を自由に創造できる作者であれば、簡単に予想どおりにできるのだから、これまた簡単だ。しかも、物語の中で、他の登場人物たちが、「凄い、あの人は天才だ」と呟けば、ますます天才に見えてくる。ある天才を出して、その天才を凌駕《りょうが》する天才を出すことも常套《じょうとう》で、「北斗の拳」方式だといえばわかるだろう（わからないかな）。

作者にとって、一番の限界はそこではない。読者が理解できるか、という方がずっと切実な問題なのである。いくらでも頭脳明晰な天才も、無敵の剣士も登場させられるけれど、読者のイメージがどこまでこれに追従できるか、というところに明確な限界がある。そもそも、そんな凄い人がいるのだろうか、と思えるうちは良いけれど、単なる荒唐無稽《こうとうむけい》、もはやなにが凄いのかちんぷんかんぷん、といった場合も、実のところ多い。これを作者はたびたび経験するから、必然的に、あまり高みは狙えなくなるのである。

天才とは逆に、愚か者を描く場合でも同じだ。作者が愚か者でなくても、描くことはできるが、これを受け取る側に、イメージの限界がある。「こんな馬鹿はいないよ」と白けてしまっては元も子もない。その程度の愚かさは、誰にでもあると同情させるぎりぎりを狙うことになる。実際を知らなくても、「あ、なんか、そういうのって、ありそう」と思わせるのがフィクションの技術である。

# 11 「老後が心配だ」と口にする人に「どうせ死ぬんですから」と言える？

正直に言うと、僕はこれが言える人間である。自分自身についても、もちろんそう考えている。当然ながら、年金制度が奇跡的に上手く運営されるとか、自分が稼いだ金が上手に残っているとか、そういった期待はこの際どうでも良い。

この頃の日本人は、どうも日本国政府が自分の老後の面倒を見てくれる、と考えているらしい。それから、昔は家族が面倒を見てくれた、という認識を持っている人も多いみたいだ。昔は、家に寝たきりの老人がいたけれど、たいていすぐに死んでしまった。それが今では、ものが食べられなくなっても生きている。生かしているのである。本人の意思とは無関係にも生きている。家族は、命は長ければ良い、と思わないと薄情だと非難される、という強迫観念を持っているようだ。

そういうことは、元気なうちに良く話し合っておくべきだろう。延命処置はいらないと、家族に伝えておけば良い。でないと、子供としては後ろめたい。人が死ぬことに慣れていない世代だから、延命しないことは悪だと勘違いしている人も多い。

人は、長く生きることが大事なのではない。生きているうちに、自分の思いどおりにすること、そのために生きているのだ。死ぬときは、元気がなくなったときだ。元気がなくなり、食欲がなくなり、食べられなくなって、餓死するのが一番良い死に方だと僕は考えている。動物は、たいていそうやって死ぬのである。餓死というと、そんな惨めな、と思う人がいるかもしれないが、「さあ、もう生きるのは諦めよう」という穏やかさがあるし、自分の都合でもある。こんな素晴らしい死に方はない。起きていられなくなったら、目を瞑《つむ》って寝るだろう。それと同じだ。遅くまで起きている人が偉くて、早く寝た奴は損をした、と考える人はいない。同様に、長く生きても、特に得なことはない。

年金制度が不利な方向へ改変されると、「老人に死ねというのか」と憤慨する人もいるようだが、それはそのとおり、死ねば良い。死ねと言われなくても、みんな次々に死んでいくではないか。家族に見送られて死ぬのも、どこかで一人突然死ぬのも、どちらが良い死に方というわけでもない。ただ、切りが良いか悪いかだけの違いである。惨めな死に方というものはない、と僕は考えている。

惨めだと思うのは、生きている者であって、勝手に自分の尺度で決めつけているだけのこと。死ぬときは、「じゃあね」と呟き、目を瞑りたいものである。

# 12

## この表記はやはり変えよう、と思うことは一カ月に三回くらいある。

ものを書いていると、表記のしかたで迷うことが頻繁にある。できるかぎり迷いたくない。だから、ルールがしっかりとある方が良い。余計なことに時間を取られたくないからだ。

「森博嗣は、カタカナの表記などに拘《こだわ》りがある」などと言われることが多いのだが、それは誤解だ。僕はまったく拘っていない。表記なんてどんなふうでもかまわない。読めないと困るけれど、言葉が通じるならば、あとはどうだって良い。僕にしてみると、森博嗣のカタカナ表記について語る人こそ、表記に拘りのある人なんだな、と思うだけである。読者の中には、この表記だけで「読みにくい」とか、ときには「読めない」とまで言う人もいる。驚くべき拘りようである。

カタカナについては、自分なりのルールを作ったので、あまり迷わなくなった。だから、ほとんど解決している。僕の表記が世間とずれているかどうかは、詳しくはわからない。なにしろ世間の表記はばらばらだし、それに、僕はあまり多くを読んでいないので、どれが平均的なものかわからないのだ。

漢字で書くか平仮名で書くかは、かなり難しい。この頃は、「何があるのですか?」「なにかあるのですか?」という使い分けをしている。前者は、what の意味だから「何」と漢字を当てて、後者は「any」の意味なので平仮名にしている。場所の「先」は漢字で、時間の「さき」は平仮名だ。でも、「先頃」という熟語の場合は例外になる。いろいろルールを決めても、例外がときどき出る。そういうときは、あっさり例外を認めることにしている。ルールにさえ、拘っているわけではないからだ。

古い作品の文章は、基本的に直さないことにしている。今だったらこうは書かないという表記になっているものが多数あるが、直したいとも思わない。ただ、執筆のときに迷う時間を減らしたい、というだけの動機だからである。

ファンから、「先生は○○に拘りがあるようですが……」と始まる質問を受けることが多々あるけれど、「いえ、拘っていません」が答である。どちらでも良い、と思っているけれど、どちらでも良いでは困るから、とりあえず決めている、というルールなのだ。

「拘り」というのは、悪い意味なのだということを、今の若者は知らない。

# 13 報道とは、みんなが知りたいことを伝えるだけで良いのか？

海外でなにかの賞が発表される。ノミネートされていた日本人は選ばれなかった。このままNHKのニュースがそう報じた。しかし、では誰が賞を取ったのかは報じない。たしかに、日本人が知りたいことは、日本人が入賞したかどうかなのだが、これは報道としてどうなのか、と僕は疑問に感じた。

海外で飛行機が墜ちると、「○○人が乗っていたが、日本人の乗客はいません」と報じる。どこの国の人が多かったのか、はまったく話題にもならない。日本人の被害者さえいなかったら、あとはどうでも良いことなのだろうか。

スポーツ関連のニュースでも、日本人選手の名前を挙げて、「○○はメダルを逃す」と報じる。もちろん、銀メダルを取ったら、「○○銀！」と大きく見出しが出る。記事を読んでも、金メダルを誰が取ったのかなかなか出てこない。TVなどでは、金メダルの選手は、動画も出ない。

みんなが見たい部分だけを報じれば良いのだろうか。報道とは、真実を伝えることのだと思うが、日本人だけの真実で良いのだろうか。全体を見渡して、何が起こったのかを偏りなく報じる姿勢は必要ないのか。

ニュースのこの傾向は、昔はさほど顕著ではなかった。オリンピックであれば、金、銀、銅の選手にスポットを当てて、上から順に重みを付けるのがマナーだと認識されていただろう。入賞しなかった日本人には少し触れるだけだった。客観的な報道というのは、そういうものだ。見ている人間の主観を見越して、「ここが大事ですよね?」「これが知りたかったところでしょう?」と気を利かせているつもりかもしれないが、あまりに安直で、見ていて恥ずかしい。「独り善がり」ならぬ「日本人善がり」がみっともない。今の日本には、もの凄く沢山の外国人がいるのである。

みんなが知りたいことを通り越して、みんなが望んでいることを演出したりするのが、つまり「やらせ」である。この頃、だいぶましになったけれど、二十年くらいまえは、もうやらせばかりだった。最初から、こういう絵が欲しい、こういった話題が欲しい、と決めてかかって取材をしたのだ。

たぶん、今でもジャーナリストは、みんなが知りたいことを確かめるのが自分の役目だ、と使命感に燃えているのだろう。まずはそれ以前に、「真実」を伝えること、その基本を忘れないでもらいたいものである。

# 14 下から目線に囲まれて育った子供が、大人になって見下される。

このまえ、四歳くらいの女の子が、「パパはここに来なければいけない！」と繰り返し叫んでいたのを見た。何度かそう呼んだところへ、「はい、はい」と父親が笑いながら現れた。この家では、王女様を育てようとしているみたいだった。

そうでなくても、今の子供は、家庭では持ち上げられている。「美味しいですか？」と優しくきかれて、「うん、美味しい」と答えると、親はほっと笑顔になるのである。子供の機嫌を窺うその態度は、まるで家来ではないか。

このように、下から目線で育てるのも、悪くはない。プライドのある人格が育つかもしれない。しかし、ずっと家庭にいるわけにはいかない。十数年もすれば、子供ではなくなり、大人になって、社会へ出ていく。この社会では、ほとんどの大人が、その子を下に見る。年齢からしてそうなるし、何事においても初心者なのだ。そもそも学校だって、ものを教えてもらう場所だったのに、近頃の先生は生徒を怒れないようになってしまったから、「どうですか？　わかりましたか？」と丁寧に尋ねなくてはいけない。だから、上から目線に不慣れのまま、社会へ出たりする。大学にいても、クラブに入っても、会社に就職しても、みんなが上から目線でものを言う。慣れないから、それらがどれも、もの凄いプレッシャになるだろう。

そもそも、こういう経験をすることが多かった世代が、「上から目線」という表現に飛びついたのだ。それ以前には、ごく当たり前のことであって、若者はみんな、頭を下げて我慢をして、人の言うことを素直に聞いていた。それで、プライドが傷つくなんてこともなかった。「目線」なんて気にもならなかった。下を向き、相手の目をそこまで見ていなかったのだから。

上から目線に気づくのは、自分の中に反発があって、相手の目を見返しているからだろう。だから、その目線がぶつかる（注：「目線」という言葉は、もともとなかった。正しくは「視線」である）。

頭の良い子供は、これが社会なのだと気づき、自分を修正するだろう。今しばらくは我慢をして、自分の力を蓄えるしかない。頭を下げていれば、衝突はない。むしろ、いろいろ教えてもらえて得だ、と計算をする。その計算ができない人は、上から目線に反発し、社会から逃げ出してしまう。職場の環境が悪い。上司が悪い。たまたま悪かった、と思い込む。自分の「見方」に問題があるとは考えないのだ。

# 15 「未知数」が「大したことない」の意味に使われている。

いまだ好成績を出したことがない、つまり実績がない新人などを、「彼はまだ未知数だ」と言うのだが、「まだ」と「未」が重複しているのが気になる言い方である。でも「まだまだ未知数」なんて言ったりもするから、強調表現かもしれない。国語の苦手な森博嗣の書くことだから、さっと読み流してもらいたい。

未知数というのは、既知数の反対で、値が未知の数のことだ。方程式に出てくるxなどがそれである。アルファベットで、x、y、zを未知数に使う習慣があるけれど、これはルールではないので、べつにどんな文字を使っても良い。「ミ」とかを使って方程式を解いても、テストでは減点されないはずである（良識のある先生に限る）。

最初に書いた新人に対する表現の場合、彼の可能性を、どちらかというと、さほど期待していない、という意味に取る場合が多いみたいだ。つまり、過去になんらかの成功を収めていたり、高い能力を発揮しそうな兆候があれば、その場合は、「未知数」とは言わない。大きそうな予測ができるからだ。

逆に、この人物は計り知れない、というような意味でも、「未知数」を使うことが稀にあって、ようするにこの言葉を使う人のイメージがさまざまであることがわかる。僕は、未知数は文字通り、予測ができない数という意味で使うので、大小どちらかも不明だ、とイメージしている。

特に、重複表現で前に「まだ」や「まだまだ」を付けるときには、おそらく、「無限大」のような連想をしてしまう期待感を潜ませているようでもある。ちょっとした成功を見たけれど、こんなものじゃない、「まだまだ未知数だ」と、見切れない大きさを表現している。

逆に、投資関係などでは、「未知数」は、期待するだけの材料がない、という悲観的な言葉になっているように見受けられる。期待するものは、やはり、なんらかの理由なり兆候なりが必要だ、という見方なのだろう。そのとおり、未知数のものに期待するのは、たしかに合理的とはいえない。博打になってしまう。

数学に慣れていない人は、「未知数」というものの存在が信じられないらしい。つまり、まだ値が知られていない数って何だ、どうしてそんな数が知られているのか、誰が発見したのか、それともまだ発見されていないのか、と思うらしい。僕の奥様がそうおっしゃっていた。貴重な意見である。

# 16 アマチュアほど、制作の途中経過を実況する。

子供の頃から少年向けの工作の雑誌を読み漁《よあさ》っていた（実際には絵を見ていただけかもしれないが）。小学校四年生のときに、『鉄道模型趣味』に出会い、大人の模型の世界を覗き見るようになった。子供向けの記事は、作り方が図解されていたのに、大人向けはそれが少ない。完成した作品について詳細に記述されているだけ。作り方は自分で考えろ、ということらしい。たしかに、作り方には、それぞれの技術に合致した手法があるし、多くは自己流である。ときどき、ここはこうして作ったと書かれているものは、信じられないほど手間のかかる方法で、そこまでしなければこのような作品はできないのか、という印象を抱かせる内容だった。

あるとき、その大人の『鉄道模型趣味』に小学生がレイアウト（室内に展開する模型の箱庭）を製作した記事が掲載された。六年生と四年生の兄弟が協力して作っているのだが、今日は何をした、という日記風で話が進むもので、夏休みの工作日記に近い。これが大変面白かった。特に年齢が近いこともあって、自分にもできそうな気がした（ただ、財力の差を感じた。日記には出てこないが、たぶん父親のバックアップがあったのだろう）。

インターネットが普及して、趣味の工作を題材にしたブログが多く出現した。ある模型について作り方の手順を示すのは意外に難しいが、逆に、今日はこれをした、を繰り返すならば気が楽だ。なにかの問題にぶつかって完成しないものがあっても、それも一興となる。

同じものを作っている人間には、大変に参考になる。ときには、技術的なものの情報交換もできる。面白い世の中になったものだ、と思った。

ところが、この段階になっても、プロと呼ばれる達人モデラたちは、ブログを書かない。そういう人は、出来上がったものを展示することはあっても、工作の過程は見せない。そこで僕は気づいたのだ、「過程を見せることは恥ずかしい行為なのだ」と。たしかに、プロモデラとつき合うとそれが確かめられる。その人の工作室をたまま見学しても、工作途中のものは、「お恥ずかしいのですが、これは〜」と説明をする。未完のものは見せないもの、というのが彼らの常識なのである。

逆に言えば、プロは完成品を広く大勢に見てもらえる人なのだ。出来上がったものでみんなを驚かせたい、という気持ちが強いのだろう。

# 17 金銭的な格差よりも、知恵や楽しさの格差の方がずっと大きい。

「格差社会」というのは社会問題として頻繁に取り上げられる。主に、収入が何倍違うかという数字で議論されることが多い。

しかし、考えてみると金額と人間が感じる価値は、線形に比例していない。たとえば、三万円の料理は、三千円の料理に比べたら十倍美味いとはいえない。僕の経験ではせいぜい二倍くらいだ。二千万円の自動車は、二百万円の自動車の十倍の性能を持っているわけではない。もし、何倍もの性能があるのなら、もっと大量に製産されて値段が下がってくるはずだ。つまり、その値段相応の価値を多くの人が認められないから、特別なまま、高価なままで商売をするしかない。

ようするに、金は多くなるほどコストパフォーマンスが悪くなる。使った金額に見合った見返りがなくなるように社会ができている、といえる。自然に発生した累進課税みたいなものだ。

一方、金額が安いレンジでは、価格は性能とよく比例している。だから、ここでは、高い値段を出す価値がある。人は、それを感覚的に知っているから、少しでも努力をして多くを稼ごう、金持ちになろうとする。しかし、それが少し実現したところで、自分はこのあたりで充分だ、と満足するようだ。これも、社会の仕組みとして設定されているもののように見受けられる。

さて、そういった金額と満足の相関とはまた別に、たとえば、知識とか、人生の楽しみ方といったものは、それを持っている人と持たない人の差が著しい。大ざっぱな見方をすれば、金持ちの方が知識や楽しみ方を持っているともいえるけれど、例外が非常に多く、貧乏でも知識人は多いし、また貧乏でも楽しく生きている人も多い。知識や楽しさのことを、多くの場合、「教養」というのだろう。

僕が見た範囲では、収入の格差よりも、この教養の格差の方がずっと大きく、また、こちらこそ社会問題だと思う。

教養のない人は、金がないからそれができないと諦めているが、金には無関係である。また、学校で教えてもらえる知識が教養だと勘違いしている人も多い。知識も必要だが、そこから育ってくる先にある人間性に近いものが「教養」であり、「楽しい生き方を知ること」とも換言できる。「教養がある」というのは、「教養を求めている」ことと同じだ。「楽しさ」も「楽しさを求める」ことと同じである。

## 18 ドローンが危険だと問題になった理由は、簡単に飛ぶからである。

僕も、ドローンを何機か持っている。自分の庭園内で飛ばすことが多いが、五十メートルほどの高度から撮影した映像はなかなか貴重だ。でも、飛行自体はあまり面白くない。何故なら、自律安定性能が良すぎて、操縦の楽しさがないからである。ラジコンの飛行機とかヘリコプタは以前からある。沢山の機種が発売されていて、マニアは熱中している。ただ、非常に危険で、グラウンドとか公園など、一般の人がいる場所では飛ばせない。ラジコンのクラブに入会して、クラブの専用飛行場で楽しむのが常識だ。

ラジコンの飛行機やヘリコプタは、ドローンよりもずっと危険である。サイズが大きいものや動力が強力なものがあるし、スピードが速く、墜落したときの衝撃が大きい。殺傷事故も頻繁に発生している。だから、飛行するラジコンを操縦する人は、必ずラジコン保険に入らなければならない。大きな模型飛行機が衝突すれば、建築も自動車も破損する事故になるだろう。これまで、飛行機やヘリコプタの事故をマスコミがあまり取り上げなかったのは、都会で事故が起こらなかったからなのか。

また、それ以上に、これらは飛ばすために高度な技術が不可欠で、先輩の指導が必要なのだ。初心者が製品だけ入手して飛ばそうとしても、高く上がるまえにたちまち墜落して壊れてしまう。だから、危険なレベルの事故に至らない場合が多い。

オウム真理教が問題になった頃、内部でラジコンヘリの訓練をしていた、というニュースが流れたことがある。爆薬か毒ガスをヘリに搭載するテロを考えていたのだろう。しかし、これは実現していない。想像するに、技術的にそれが可能な操縦士が育てられなかったのだ。当時、ドローンがあれば恐ろしいことになっていた、と思う。今では、訓練をしなくても、個人で多少の練習をするくらいで可能だろう。

一万円以下の安いドローンはすぐに墜ちる。値段が高くなるほど安定装置が高級になって、操縦が簡単だ。カメラ付きで十万円くらいの値段になると、ラジコンの経験がなくても、浮かせることができる（でも、きっと墜とすだろう）。

つまり、無線制御の飛行物体として、超安定で安全な機種がドローンなのである。安定であるが故に、飛びすぎて危険性が発覚してしまった、ということだ。

基本的に、他人の土地で飛ばすことはできない。他人や他人の家の上を飛ばすことも許されない。墜ちることを常に想定して飛ばすことが、ラジコンの原則である。

# 19 ついに怖れていたことが。「新書」が「古書」の反対だと認識され始めた。

僕自身、作家になるまで、単行本、文庫、新書なんて呼び方を知らなかった。今でもネットを眺めていると、文庫の意味で単行本と言っている人が多いし、新書に至っては、もう呼び名が不思議すぎるから、通じなくなりつつある。

そもそも、「古書」という言葉が、某大型古書店の展開の影響か、よく使われる言葉になってきた。だから、新品の本のことを「新書」と言うのはごく自然だ。「新車」だって「新品」だってそうなのだから、これはしかたがない。もう出版界側が改めた方が良いだろう。

「ノベルス」という呼び名も、ごく一部のマイナな世界でしか通じない、業界用語といっても良い。そもそも、それを言うなら「ノベルズ」だろう。これは、説明をすると、「新書サイズで小説」を示す用語だ。ノベルス自体が衰退していて、おそらく五年後には言葉が消えているものと予想される。

単行本というのは、少し大きめの本を示すが、ハードカバーと呼ぶ場合もある。これは本の表紙が固い紙で作られているからだ。軟らかい表紙のものは、単行本だがソフトカバーである。

そもそも、「カバー」が何なのかわからない。表紙のことかと思っていたが、表紙に被せる紙をさす場合もある。「表紙」というのは、カバーを取り去ったあとにある、あの地味な表のことらしい。しかし、ソフトカバーの中には、そういうカバーがない（つまり、表紙そのままの）ものもあるのだ。そういうのは、ノンカバーとは呼ばれていない。

文庫は、小さめのサイズの本のことだが、カバーが被せてあるものが多い。さらに、オビが被せてあるものも多数。だいたい、新しい本を買ってくると、カバーとオビがあって、中には栞《しおり》だの広告だのが挟んである。読んでいてこれらが落ちたりするし、邪魔である。広告とオビが一番邪魔だ。僕は真っ先に捨てることにしている。

新書は、ここ十年ほど大ブームだったけれど、既に勢いがなくなったようだ。内容が薄いわりに、文庫よりも高い。文庫落ちすることも少ない。安くして、電子書籍になる運命なのだろう。この際だから、全部文庫のサイズに統一してはいかがかと思う。メリットはある。なにかデメリットがあるだろうか？

僕の本も、文庫書き下ろしが増えてきた。デビュー以来の希望だった。

# 20 おはぎとぼたもちは同じものではないのか。

ご存じのとおり、僕は餡子《あんこ》が苦手である。でも、餡子を見たら逃げ出すというほどではない。近くにあっても、目を背けるというほどでもない。冷蔵庫に餡子が入っていても許せる。なにしろ、僕の奥様はそれが大好物だ。

食料品の買いもので奥様に同行することが多いのだが、野菜や肉や各種食品をてきぱきとカートの中に入れる彼女が、何故かスイーツの前ではじっと品物を見つめて吟味をするのである。それは、どれを買おうか、と迷っているのではなく、買おうか買うまいかを迷っているらしい。品物が一種類でも、じっと見つめているので、それがわかった。

長女が来たときに、彼女たちは自家製の餡と餅で日本のスイーツを作ったのだが、二人ともそれを「おはぎ」と言う。僕が「ぼたもち」じゃないかときいたら、娘は「そうかもしれない」と言い、奥様は「どっちでもいいじゃない」と言った。それぞれに、性格を象徴する返答である。

僕は気になったので、ネットで調べてみたら、案の定、同じ疑問を多くの人が持っていることがわかった。結論的には、ほぼ同じものだが、諸説ある。季節によって違うとか、漉《こ》し餡か粒餡かとか、製法が違うとか、である。調べ終わったあと、「どっちでもいいじゃないか」と僕も思った。これは、「どら焼き」「今川焼」「大判焼き」「満月焼き」などでも、ほぼ同じ体験をするだろう。

一方では、かなり違ったタイプが存在するのに、「お好み焼き」という統一名がある場合もあって、これはやはり「お好み」という名称の底力といわざるをえない。この例は、「雑煮」でも見られるところである。

僕の個人的な意見だが、ぼたもち（あるいはおはぎ）は、つまり饅頭の外と内が裏返ったものだから、「逆饅頭」くらいの洒落た名前が良いのではないか。え、饅頭とは違うって？

伊勢《いせ》の名物で赤福餅《あかふくもち》というのがあるが、あれは餅ではなく、ぼたもちではないのか。名古屋で育ったので、赤福餅とか青柳《あおやぎ》ういろうのTVコマーシャルを嫌というほど見た。どちらも、いちおう食べたことがある。だから、食わず嫌いではない。以後、食べないというだけだ。あと、納屋橋《なやばし》饅頭というのもあって、父の好物だった。焼いて食べると美味いと言う。焼いたくらいで美味くなるか？

# 21 僕の小説を読んだだけで、理系の大学へ行きたくなるという。

そういう声を多数聞くのである。本当だろうか?

僕は、小学生のときに、『太平洋ひとりぼっち』という本を読んだ。海洋冒険家の堀江謙一《ほりえけんいち》氏が、無動力のヨットに乗り、単身で太平洋を横断した。その手記である。たしか、石原裕次郎《いしはらゆうじろう》で映画化されたが、そちらは見ていない。残念ながら、裕次郎がそんなに好きではなかった。

長江裕明《ながえひろあき》氏は、自作のコンクリート製ヨットで世界一周をした。彼は、名古屋の人で、ヨットは蒲郡《がまごおり》に保存されていた。コンクリートの関係で、補修の相談を受けたことがある。

いずれも、手記を読んで非常に感動したのだが、自分もヨットに乗りたいと思ったことは一度もない。ヨットに乗せてもらったことはある。何人かで出費をして、ヨットを所有しようというプロジェクトで誘われたこともある。でも、海に出たら、長時間帰ってこられない。みんなと時間を合わせるのも鬱陶《うっとう》しい。そう考えたことを覚えている。

模型のヨットなら作った。これを池に浮かべて遊んでいた。模型といっても二メートルくらいあるし、速度も出る。ヨットというのは、けっこうダイナミックなものなのだ。

人それぞれに自分の世界がある。楽しいと感じる対象が違う。みんながそれぞれの道を進むのが普通だ。だから、僕の小説を読んだくらいで、理系に進みたくなる、という感覚が、僕には非常に不思議なものに感じられてしかたがない。

ヨットといったっていろいろあるが、理系といってもいろいろある。大学なんて、その講座によって雰囲気は全然違う。そんなことは当然だ。でも、憧れた目には、きっと自分も小説と同じ体験ができる、と思ってしまうのだろうか。そして、たとえ違う環境であっても、きっと同じような体験ができる、と何故考えないのだろう？

同じものを手にしても、同じようなものさえ感じられないことが多い。それよりも、同じようなものを手にして、同じものを感じることは数倍多い。

今でも、僕はときどき、堀江謙一氏の手記の内容を思い出す。それは、一人で問題を解かなければならないときとか、万策が尽きてもふとアイデアが思いついたときなどである。ヨットに乗らなくても、同じ「冒険」を誰でもできるのだ。

# 22

## 老年よ、好奇心を抱け。

何度も書いているけれど、歳を取るほど新しいものを取り入れようとしなくなる。多くの方面に「興味」を失う。自分はこの範囲が好き、という囲い込みが終了していて、好奇心はその内側でしか発揮されない。それって、本当の好奇心なのかな、と首を捻《ひね》りたくなる。

自分と違う方向性のものを排除するという傾向は、若者にもときどき見られる。これは、歳は若くても、歳を取ったのと同じ。頭が凝り固まっている。

僕は、最近またマイコンを始めた。ワンボードのコンピュータだ。三十年振りのことだから、本を買って一から勉強し直した。長く、やりたいなと思っていたけれど、時間がなくてできなかった。その間に、技術は素晴らしく進歩して、あらゆることが簡単に実現できるようになった。わくわくする感覚がとても心地良い。でも、これは若いときにやったことだから、まったく新しい分野とはいえない。

そういう意味では、ガーデニングがそれに当る。始めたのは五十を過ぎてからだ。

それまではまったく興味がなかった。庭いじりをする自分を想像したこともなかった。それが、今は一日の大半を土いじりに費やしている。

四十代の後半になって、着せ替え人形に凝ったこともあった。真空管アンプを続けざまに二十台くらい作ったこともあった。一過性のものだったのかどうかはわからない。今でも、それらの興味は失われていないが、たしかに、やることが少なくなったのは否めない。

そもそも、小説だってそうだ。まったく興味がなかった。三十八歳のときに、突然思い立って書いてみた。それで人生が変わったのである。どうして、抵抗もなく、そんな未開の分野へ踏込んだのだろう、と自分でも不思議でならない。

だんだん、興味の幅が狭くなるのは、避けられないところではある。なにしろ、残りの時間を考えたら、そうそうなんでもかんでも手を出すわけにもいかない。それは現実である。ただ、ときどき飛び込んでくる素晴らしいものを見逃さない目は持っていたい。その目は誰にでもある。その目を開いていたい、という意味だ。

歳を取って体力が衰え、いろいろな不自由がやってくる。そんな不安に怯えていてもしかたがない。それよりも、どんどん新しいものにチャレンジし続ける方が、きっと健康的だと思う。健康というのは、そういう意味なのではないだろうか。

# 23 地方への移住者が増えているとのニュースを見て。

ネットのニュースでたびたび上がっている。地方の自治体が、過疎の対策として援助の仕組みを作り、人を集めているので、そういった話題をマスコミに売り込んでいるらしい。多くは、リタイヤしたシニア世代が対象だが、そうではなく、若者夫婦を勧誘して、子供の数を増やしたいという政策でもある。

しかし、移住者が増えているにもかかわらず、人口は都心に集中しているし、数を見たかぎり減っているわけではない。つまり、地方への移住者が増えている分、地方からの流出も増えている、ということなのか。そこは、同じニュースでは報道されていない。それに、あの世への流出も多いことだろう。

若い夫婦は田舎でも生活ができる。体力があるからだ。子供が小さいうちは、「のびのびとした環境」なるものに満足できるかもしれない。しかし、すべてが不便だ。学校も遠い、病院も遠い、ショッピングセンタも遠い。田舎の仕事は生活に直結しているから、病気になったり怪我をしたりすると、たちまち生活が成り立たなくなる。

このあたりが会社勤めとは違う。

僕はもともと都会派だったけれど、今は田舎に住んでいる。そして、現代では、昔ほど田舎が不便でもなくなったかな、という気持ちに変わりつつある。ネットや通販などがそれを支えている。昔よりは「ありかな」と思うのだ。

田舎に住むことは、都会の人が想像する以上に素晴らしい体験である。これは、僕自身がそう感じたところだ。空気が良いとか、自然が豊かだとか、静かだとか、そういった言葉以上に、なによりも、「これが本当の生き方なのだ」という喜びを感じる。人間が、生き物であることがわかる、というのに近いかもしれない。でも、唯一の難点「田舎には仕事がない」が克服できる人に限られる。

また、多くの部分は、都会から離れることで、マスコミが見せる「社会像」から遠ざかり、自分なりに、人間社会というものを考える余裕が生まれることだ。田舎に住むなんて「贅沢」であって、誰にもできるものではない、という意見が多いと思う。これは本当にそのとおりである。田舎に住むことは贅沢なのだ。ある程度の余裕がなければ手に入れることはできない。しかし、その贅沢には、贅沢なりの見返りがある。「ああ、贅沢だなあ」と感じられるということだ。多くの場合、ほんの少しの努力と決断でそれは実現するだろう。

# 24

## 個人情報について、本当に認識が甘い。

何度も何度も繰り返し流出騒ぎになるのが個人情報である。つい最近は、年金関係で起こった。その後、情報流出に備えて保険が売り出された、というニュースもあった。保険になるくらい日常的に起こる事故として認識されたという意味である。これからも、流出は起こり続けるだろう。だから、個人で予防するしかない。住所や氏名を登録しない。登録するときには、それは漏れるものだと覚悟する。どうしても漏らしたくなければ、仮の名前、仮の住所を設定するしかない。

何故、このような情報流出が起こるのか、その根底にあるものは二つだ。一つは、その情報が売れるから。商売の役に立つからである。価値のないものだったら、あの手この手で狙うこともないだろう。そして、二つめは、データを持っている側の人間に、個人情報は機密であるという意識が欠落しているからである。

かつては、そういった認識は社会になかった。今でも、「名前と住所くらい、知れたってかまわないでしょう」と思っている人が大半だ。「だって、みんな表札を出しているじゃない」などとおっしゃる。こういう人には、どんなに説明しても、個人情報の大切さが理解できない。理解していないのに、ルールとして押しつけられたものであって、鬱陶しい煩《うるさ》い決まりだと認識している。だから、気が緩むし、漏れるのである。

だいたい、被害があっても数百円とか数千円の補償しかしない。「何なのか、その値段は」と僕は思う。僕的には、せめて一人につき百万円、場合によっては数千万円、数億円の補償が必要な事項だと思われる。それくらいにしたら、きっともっと気を引き締めて、対策も練られて、このだらだらの仕組みを改善できるだろう。それができないのは、その程度のだらだらさのままで良いと理解しているからだ。「今後、こういったことはあってはならないと考えております」と言えば済むことだし、考えるだけなら簡単である。

「あってはならない」事項については、このように「もし、起こったらいくら」という値段を高めに設定しておけば良い。そういう契約を社会と結ぶことであっさり解決するだろう。人命がかかっていない場合は、補償金の額を事前に決める以外に、事の重大さは共通認識になりにくい、ということである。残念なことであるけれど、人命がかかっている場合でも、結局は同じなのかもしれない。

# 25 「屋台が炎上」のニュースで、「屋台の何が話題に？」と思う。

「炎上」という言葉が、火事ではないものに使われる頻度が高くなったため、本当の炎上のときに、素直にイメージが描けないのだ。炎上ではなく、「物議」と書けば済むような気がするのだが。

ネットのニュースは、見出しに文字制限があるためか、誤解を招くものが多々ある。誤解を招く方が読んでもらえるから、わざとかもしれない。野球などの用語も誤解の元になりやすい。「重殺」とか、「封殺」なんて言葉があって、野球の話だと認識していないと、何が起こったのか、と一瞬驚いてしまう。

それから、アメリカのことを「米」と書く習慣も紛らわしい。特に、米《こめ》の関税についての話題だとわけがわからなくなる。北朝鮮は、「北」と略されるので、「北からの寒気」などとあると、いらぬ想像をしてしまう。

国関係だと、「伊」はまだ良い。けっして伊豆とか伊予のことではない。「仏」とか「独」がけっこう紛らわしい。その漢字が独立で意味を持っているし、ときどき使われているからだ。「仏方針変化」とか、「独孤立か」みたいなのを想像してほしい。「巴」というのは、普通はパリのことだが、パレスチナとかパキスタンの可能性もある。

「巴里は燃えているか」というのはゲームにあったみたいだが、もともとは、「パリは燃えているか」という映画である。これは、「巴炎上?」くらいで略されるだろう。「翼よ!あれが巴里の灯だ」という映画もあった。「翼!巴灯」かな。

炎上に話を戻すが、どうも、誰かのことを見下げた発言をすると炎上になって、謝罪を求められる、という仕組みが日本にはできたらしい。それが政治家だったら、たしかにそうかもしれない。でも、一芸能人とかだったら、そこまで多方面を考慮した発言が求められるものなのか。それに、思っていることを口から出していけないのだろうか。これは、一作家でも同じだ。自分の意見を書く。それに対して、たとえ間違いがあったとしても、謝罪をしなければならないとは思えない。「まあ、次は少し気をつけようか」でも良いし、「放っておこう」でも良いと思う。

たぶん、こういう姿勢でいると炎上するのだろう。だから、僕はツイッタもしないし、ブログもやめてしまった。ネットは、アクセスの時間が短すぎて、みんなが頭を冷やす間がない。カッとなっても、普通は数秒か数分で落ち着けるものなのだ。

# 26 アロマが苦手。

アロマセラピィという言葉が流行する以前から、僕はあれが苦手だった。デパートの化粧品や香水売り場では、息を止めて、足早に通り過ぎるしかない。臭いわけではない。匂いがきつすぎるのである。

たぶん、匂いに敏感なのだと思う。家族でも、娘が同じだ。奥様と息子は、鈍感である。奥様は特に喘息《ぜんそく》のため匂いが長い間しなかったという。最近、救急車で運ばれて入院してから、正しい治療を受けたのか、良い医師にたまたま当ったのか、匂いがするようになったと喜んでいる。

友人の一人で、ドイツと日本に半々で生活している人がいるが、彼ももう十年ほど匂いがまったくしない、という。医者にも見てもらっているらしいが、それ以外には特に問題がない。しかし、おそらく料理の味が違って感じられると思う。

僕は、好き嫌いの激しい子供だった。給食で食べられないものが多かった。嫌いなものは、口にするだけで吐き気がした。それは主に味ではなく臭いのせいだ。この頃、多くの食品が無臭に近くなったので、だいぶ食べられる。かつては、野菜も肉ももっと臭ったのだ。

つい最近、奥様が試供品の洗剤を使って僕のTシャツを洗った。僕は寝るときはTシャツを着ているのだが、その洗剤には芳香剤が含まれていて、これが匂って、寝られなくなった。目を開ければ痛くなる。頭も痛くなる。Tシャツを替えたのだが、どれも匂うので困った。翌日、普通の洗剤で全部洗い直してもらったのだが、それでもまだ少し匂った。でも、寝られないほどではなくなった。

だから、ときどき見かける香りがする商品は、「あれは駄目だな」と引いてしまうのだ。消臭剤と呼ばれているものも、ほとんどは逆に匂いが強すぎる。香りのしない臭い消しは少数派のようだ。

煙草を吸っていたときには、この臭いの敏感さが抑えられていた。だから、臭いに悩まされることも少なかったので、あれは良い消臭効果だったと思う。禁煙をしたときは、歩道を歩いていても排気ガスの臭いで息ができないほどになった。今でも、やはり都会へ行くと、こんな空気をよくみんな吸っているな、と感じる。

静かな場所と同様に、臭いが優しい場所は貴重だと思う。鳥の囀《さえず》りが聞こえ、森林の香りがする。それらは、けしてアロマのように押しつけがましくない。

# 27

## たとえば、と一例挙げただけで真実味が出る錯覚。

発想したことなどについて抽象的な文章を書き、そのあと、「たとえば〜」と具体例を挙げる。すると、前文が正しいように見えてしまう。多くの文章や説法はこの構造を持っている。具体例が二つあれば、もっと信憑性《しんぴょうせい》が高くなる。たしかに、当てはまるものがあると、それが正しいように見える。しかし、当てはまらないものもあるかもしれない。たった一つか二つの例で、相手に信じ込ませてしまうのは、どうも詐欺っぽいではないか。

世の中というのは、これこれこんなものである。たとえば、夏目《なつめ》漱石《そうせき》もこう書いている。などとあれば、なるほど、と頷《うなず》くのか。夏目漱石が書いているだけで、それは信じられるものになるのか。

これは、実は論文などでも同様の手法を取る。一般に、AはBなのである。と書けば、それが普通だという意見だが、ここに番号をふって、これと同じ理屈を述べている他者の論文を引用する。そうすることで、権威づけをするのである。

自分だけの考えではない。ほかにも、こんな偉い人が同じことをおっしゃってい
る、という意味なのだ。でも、偉い人の意見だからといって、真実とは限らない。そ
れに、別の偉い人が、まったく反対のことを言っているかもしれない。
そもそも、このように引用をすると、著者は、その文章を読んだから、この理屈を
発想したのか、と思われる。一つだけを読んで、なるほどと思ってしまい、それを書
いているのかもしれない。この場合は、「たとえば」という言い回しが嫌らしく感じ
られるだろう。
そういった例を挙げなくても、読者がなんとなく「そうだよなぁ」と感じることが
できれば、それがその場では正しい理屈になる。引用の有る無しよりも、よほど信憑
性があるだろう。引用があるから納得するということは実はあまりない。どちらかと
いうと、「え、夏目漱石がそんなことを言っているの？」という方へ興味が逸れる。
そちらが記憶され、著者の発想はたちまち忘れられてしまうことになる。
僕は、そういった文書を読むと、「ま、そういうこともあるよね」とか、「そう思い
込んでいるわけか」と感じる。理屈の信憑性は、僕自身の体験と照合する以外に辿《たど》れ
ない。照合結果から、素晴らしいと感動することもある。それには、引用された部分
の存在は無関係だ。僕が引用をしない理由もここにある。

# 28
## 「相手を理解する必要がある」はいつも正しいわけではない。

　なにか争っている相手があるとき、あるいは自分に不利益をもたらす相手がいるとき、感情的に処理をするのではなく、相手の立場を考え、相手を理解する必要がある、という言葉をよく聞く。たとえば、外交だったら、相手国を理解する必要がある。なるほど、それはそうかもしれない。そういうものかな、と思ってしまう。

　しかし、必ずしも正しいわけではない。理解というのは、文化、歴史、感情、考え方などを知ることだろうけれど、たとえそれを知っても、得られるものは、「まあ、そう考えるのもわからないでもない」という紳士的な落ち着きくらいであって、だからといって問題が解決できるわけではない。理解をするのに時間がかかるし、理解をしても、ただ自分の気持ち的なものが若干抑制される程度の効果しかない。

　感情的になっている場合は、少し相手の立場を考えた方が良い。これはそのとおりだ。しかし、そもそも感情的ではなく、理屈をもって対峙《たいじ》している人は、相手のことを理解するよりも、もっと考えるべきことがある。

それは、相手の出方である。つまり、相手の内面を理解するよりも、外に出てくる行動の可能性を分析した方が良い。そして、それらについて、自分の対処を計算しておくこと。いちいち背景を理解するほどでもないことが、実は多いのだ。

相手が人間だから、「理解」といった温かい言葉が人を唸らせてしまうのだが、たとえば、相手が信号機だったら、信号機を理解するよりも、表に出る現象を観察した方が有益だ。どういった仕組みで信号機は作動しているのだろうと考えても、交差点を安全に渡る行為にはいかほども役に立たない。でも、信号機が故障しているときは、仕組みを理解していることが大事になる。場合によって違う、ということ。

人間は信号機ほど単純ではないけれど、一人の人間が、状況を判断して行動をするパターンは、観察していればかなり読めるようになる。それは、その人の心を理解するというよりは、行動のパターンを分析することに近い。その人を治す立場の人、つまり精神科医などは、もう少し深い理解が必要だが、一般のやり取りにはその深みは必要がないだろう。

もしかして、行動パターンを知ることが、「理解する」の表現になるのかもしれない。この言葉はいろいろなレベルに用いられるから、非常にわかりにくい。「気持ちがわかる」と同じくらい、曖昧であり、軽はずみに用いられている。

# 29

## フルーチェを作って感じる孤独。

フルーチェを知らない人のために少し書くが、牛乳と混ぜるだけで作れるデザートというかスイーツというか、ヨーグルトっぽくて、ババロアっぽくて、オレンジとかストロベリィとかいろいろ種類があって、まあ、そんな感じのやつである。

僕は若いときからこれが好きなのだが、何故か同居する人間の誰も賛同しない。奥様も子供たちも「そんなに」と真顔で首をふるのだ。犬たちは喜んで食べる。しかし、甘いから沢山はやれない。スプーンで一杯くらいか、最後に皿を嘗《な》めさせる程度である。この表現だけで引いてしまう人がいることを計算して書いている。

今でも、ときどき食べたくなるが、近所のスーパにはない。奥様に、「見つけたら買っておいて」と頼んでも無視される。しかたがなく、わざわざ取り寄せたりする。特に、新しいフルーツのものがときどき開発されるし、季節限定のものも出たりすると、つい買ってしまうのである。

それでも、ほとんどの場合、ずっと箱に入ったままだ。なにしろ、作っても誰も喜ばないから、僕一人のコンディションで作れば良いので、なかなか踏ん切りがつかない。一度作ってしまうと、どんぶり一杯くらいができてしまい、それを一人で全部食べなければならないため、体調が良いときを選ぶ必要がある。

それでも、ついに作る日が来て、どんぶりの中で牛乳と掻き混ぜ、そのまま冷蔵庫に入れておく。一時間もしたら、スプーンで食べることになるが、途中で厭《あ》きてくるので、ラップをかけてまた冷蔵庫に入れる。味は新しいほど美味い。

いちおう、家族に、「今度のは美味しいよ。食べる？」と尋ねるのだが、奥様は、「いらん」とおっしゃる。娘が来ているときに作っても、無言で首をふられる。息子はたまに食べてくれるが、孝行息子である。

大袈裟に書いたが、作った翌日にはたいていなくなる。美味いので、少しずつでも食べていると、あっという間だ。もう少し食べたいな、と思ったところでなくなるのが憎い設定である。

フルーチェをどんぶりで作るということ自体が、孤独を象徴している。誰も一緒に食べてくれないが、そもそも美味しいかどうかは、他者の味覚とは無関係だ。一人で楽しめる（全部自分で食べられる）のも、内心は嬉しいのかもしれない。これが楽しさというものの本質なのではないか、と無理矢理考えたりする。

# 30 我が庭園鉄道もついに三十号機に至った。

十五年ほどまえから、庭園鉄道の建設を行っている。一度作っても、引っ越してまた作り直し、そしてまた最近引越をした。名前はずっと欠伸《あくび》軽便鉄道という。これは、小学生のときに命名したもので、そのときはHOゲージだった。それが、人が乗れる大きさにサイズアップしている。

十五年ということは、作家になったあとで始めたわけで、作家で稼いだ金がつぎ込まれている（だいたい三パーセントくらいかな）。その庭園鉄道の機関車（動力車）がこのたび記念すべき三十号に至った。これまでの二十九台は、電気機関車、蒸気機関車、ガソリンエンジン機関車の三種類だったが、三十号という節目なので、未知の分野へチャレンジしようと思い、未体験の動力を採用した。

それは、ジェットエンジンである。正しくは、ガスタービンエンジン。燃料は灯油を用いる。このエンジンで後方へ噴射をして、その反動で前進する機関車だ。エンジンは、ラジコン飛行機用の製品を購入。ただし、値段が高いので中古品。これの調整というか設定に三カ月ほどかかったが、安定して運転ができるようになり、さっそく機関車の製作となった。

　このジェット推進機関車には、短所が幾つかある。まず、音が大きくて、都会では絶対に近所迷惑になるレベルだ。なにしろ、毎分十五万回転するタービンがあって、音は本物のジェット戦闘機と同じである。次に、バックができないという問題もある。しかし、バックは滅多にしないし、運転手が降りて、押せば良いだけなので、さほど問題ではない。さらに、燃費も悪い。十分ほどで三リットルのタンクが空になる。だが、最大の問題は、機関車といいながら貨車や客車が引けないことだ。

　力が弱いわけではない。推進力は充分なのだ。ただ、後続の車両に高温の気流が吹つけるので、火災の危険がある。客車の場合は、人間の安全が脅かされる。機動隊のような楯《たて》で、気流を避ける手も考えたが、危険なことにはちがいない。ちなみに、エンジンの噴射口は摂氏七百度くらいまで上昇する。ときには火炎を噴くこともある(アフタ・バーナみたいに)。

　現在試験を繰り返しているところで、なかなか好調だ。客車は、後ろではなく前に連結し、押して進むことになった。坂道を登ることもできる。

　紙面が尽きたので、長所については書けなくなった。はたして、長所はあるのか？

# 31 昨日の僕が今日の僕にプレッシャをかける。

僕の場合、作業のスタートが難関である。スタートしてしまえば、あとは勢いがだんだんついてきて、たいてい予定よりも早く終了する。そういう特性を知っているためか、なかなか腰を上げない傾向にあるようだ。

これは、仕事ではあまりない。仕事は、もともと好き嫌いの対象外の作業なので、当初から予定を組み、淡々とノルマをこなす。ロボットみたいに小説やエッセイを書いているのである。なかなか始められない、という葛藤があるのは、趣味の方面だ。やりたい、できるだけ慎重に上手く進めたい、できるだけ楽しみたい、などと要求が多く、また自己評価も自ずと厳しくなる。だから、なかなか踏ん切りがつかなくて、スタートが遅れてしまうのだ。

そんなときに、僕が使う手は、外堀を埋めるというか、なにかちょっとした準備をしたり、段取りをしたり、とりあえず、ほんの少しの取っ掛かりに着手するのである。工作ならば、工作台を掃除したり、道具の整理をしたりする。図面を並べたり、材料を手近に置いたりする。このようにして、明日の自分にプレッシャをかける。ここまでしたのに、まだ始めないのか、という嫌がらせをするのだ。

だいたい、これで腰を上げることになる。してやったり、と自分で思うわけだが、この腰の重い自分にしても、それなりに言い分がある。つまり、あれこれ考えているのだ。設計とか手順とかに関して、「これが最適か？」と決めかねている。加えて、「どうも上手くいく気がしない」という悲観もある。

それでも、プレッシャに耐えられなくなり、「もうどうなってもいい」「失敗しても知らんからな」という気持ちで踏ん切りがつく。それで、始めてみると、想像以上に問題は大きくなく、すいすいと進んだりする。あれこれ迷っていたことが、このとき功を奏す、というわけである。

さて、このようなプレッシャというのは、他者からかけられるとしんどいものである。たとえば、子供に勉強させようとして、お母さんが勉強机を片づけてしまうと、逆効果だろう。あくまでも、自分で片づけさせるのが良い。その作業をしているうちに、やる気が出てくるからだ。人にやってもらうと、ただ反発するだけである。

新たに道具を買ったりするのも、よくある手法の一つだが、これは、自腹でなければ意味がない。やはり、自身のプレッシャが一番利くようだ。

# 32

## 推論は、論理的でなければならない。

未来のこと、未知のことに対して、ただなんとなくこうじゃないかな、と思うのは、「推論」ではない。まして、自分が「こうなってほしい」という気持ちを込めるのは論外である。それは、「推論」ではなく「願望」だ。

世の中の人は、わりと推論というものをしない。多くの場合、してもせいぜい、過去のデータからの分析結果であって、それは統計的な「予測」にすぎない。「推論」というのは、そうではない。過去のデータも取り入れるが、それに加えて、今観察される状況から、論理的な考察がなされたもののことだ。したがって、過去のデータがなくても推論は成り立つ。

先日、娘が来ているときに、みんなでショッピングセンタへ行った。娘が犬たちの面倒を見ると言ったので、僕と奥様の二人は店に入った。買いものが終わって出てきたが、娘の姿が見当たらない。車まで来てもいない。車に乗って駐車場をぐるりと回ったがどこにもいない。奥様は、「どこへ行ったのかな」と首を捻っている。僕が、

「電話すれば」と言うと、「でも、電話を持っているかな」とまた首を捻る。たぶん、持っていないことが多いという「予測」をしたのである。僕は、「電話を持っていなかったら、見えるところにいるはずで、いないということは、電話を持っている可能性が高い」と言うと、ようやく奥様は電話をかけた。これで娘と犬がどこにいるかがわかった。娘は、「電話を持っているから、遠くへ行っても良いと思った」と話したのである。僕がしたのが「推論」だ。奥様は、その道理を考えもしなかったみたいだ。

昨夜に見た夢では、ある旅館に大勢で泊まったのだが、朝起きて着替えようとしたら、自分の服がない。そういえば、片づけておいた、と誰かが言っていたことを思い出した。ところが、壁の一面に引出しが五十個くらいある。一つ二つ開けてみたが空だった。高いところの引出しには入れないだろう、と考えたが、それでも三十くらいを調べないといけない。しかし、ふと、「こんなに引出しが沢山あるなんて、ちょっとおかしい。現実離れしている。もしかして夢か」と考えて、目が覚めたのである。目が覚めたら、自分の目の前に着替えるべき服が置いてあって問題は解決した。あまりにも見事な結末で、自分でも感動したが、小説には使えない。

推論は、あくまでも可能性が高い事象というだけで、真実を導くものではない。

# 33 いろいろ文句を書いているが、愚痴ではない。

たとえば、出版社や編集者の問題点、理解できない点をときどき文章にしているのだが、それを読んだ人の一部は、「こんなところで書かなくても、直接編集者に言えば良いではないか」と思うらしい。

実は、書くまえに、全部編集者に話している。何年もまえに伝えてあることがほとんどで、多くは繰り返し指摘している。そして、ときどき、改善されるものもある。改善されることがあるから、また指摘してしまう。改善されなかったら、たぶん、今頃すっかり諦めていると思う。

だいたい、これは喧嘩《けんか》ではない。なにしろ、僕はまったく腹を立てていない。こういうのは不便だな、もっと良くなる方法があるのに、と残念に思う程度であって、だからといって、相手を責めているのではない。改善ができない内部事情があるかもしれないし、僕が気づかない別の理由があって、そうしているのかもしれない。

現に、担当編集者とは、ほとんど上手くいっている（僕がそう思っているだけかもしれないが)。デビュー以来ずっと担当をしてもらっている人も多い。途中で、酷《ひど》い喧嘩をしたこともあるけれど、それでもまた関係を修復した、という場合もある。友人ではなくビジネスなので、こういった行き違いは当たり前だ。仲良しになることが目的ではなく、お互いの利益を求めて、条件の交渉をし、打合わせをし、交換をしているのである。

出版業界以外では、政治とか役所とか教育とかTVや新聞とかについて不満を書くことが多いけれど、これらは僕のビジネスではないし、もちろん趣味でもない。思うところを書いているだけで、個々に具体的な相手を想定して非難しているわけではない。これは愚痴《ぐち》ではなく、一個人の意見だ。

愚痴というのは、やはり個人的な「感情」だと思われる。「嫌だな」「好かん」「気持ち悪い」というような否定の言葉を、ただ投げつけるだけだ。ただ投げつけるだけで、少し気が済むということが、僕には驚異だ。僕は愚痴ったくらいでは不満は解消されないので、具体的な対策を考えて実行する。多くの場合、生理的に受けつけない対象からは遠ざかることにしている。つまり、嫌だと言いながら近くにいられることが、僕には不思議なのである。僕は、嫌なことを許容できるほど我慢強くないし、気持ち悪いままで生活ができない。愚痴を言う能力がないのである。

# 34 「憲法を守ろう」には二つの意味がある。

近頃、合憲なのか違憲なのかと、なかなかに騒がしい。「憲法を守れ！」と叫んでいる人も多い。この憲法を守れという姿勢を「護憲」というのだが、これは、現在の憲法を変えるのはけしからん、という意見のことだ。また、一方で、「憲法を守ってほしい」と言ったときには、合憲であってほしいという意見だ。ようするに、改憲反対という場合と、憲法違反反対という場合、両方とも「憲法を守れ」になってしまっているので、大変に紛らわしい。

憲法違反は、もちろんあってはならないことだから、憲法を厳守することは当然なのだが、今は、その憲法の条文の解釈を巡って議論になっている。こういう議論が起こるのは、条文が厳密に書かれていないからだ。憲法をもっとわかりやすく、しっかりとした文章で書き直す以外に解決策はないのではないか、などと考えてしまうのだが、こういう話をすると、「改憲派か？」と言われてしまうので、あまり大きな声で話さない方がよろしいかな、とも思う。

正直に、個人的意見を書いておくと、自衛隊は最初から違憲だと僕は考えている。集団的自衛権どうこうの問題ではない。自衛隊は軍隊だから違憲だ。さて、では、改憲についてはどうか、という問題になるが、これはよくわからない。憲法には、「改憲はするべからず」とは規定されていない。条文を直すことは可能だ。

護憲派の人たちは、どうして「改憲は絶対に認めない」と主張しているのか、僕にはわからない。「改憲＝戦争を認める」という前提で反対しているのだと思うけれど、それだったら、「戦争は絶対に認めない」と主張した方がわかりやすい。

これからの戦争は、ミサイル戦になるわけで、本気で軍備によって自衛したいのなら、最も効果があるのは核ミサイルを持つことだ。憲法には、核を持たない、とは書かれていない。核ミサイルは相手国を攻撃するものだ、と言うならば、すべての武力は、相手国を攻撃するためにある。自衛というのは、相手の撃った弾を楯で凌《しの》ぐ、という意味ではなく、撃ってくる相手を倒すという意味なのだ。同じではないか。

また、自衛というか自国の安全保障において最重要なのは、エネルギィを自前で持っていることだから、軍備よりは原発の研究を進めるべきである。それから、食料も自給できれば安心できる。エネルギィも食料も他国に頼っていると、いろいろ紛争で出ていかざるをえなくなる。どちらを選ぶか、という問題になるのではないか。

# 35 知識は無料、発想は有料。

インターネットが普及したこともあって、この頃では「情報は無料」という感覚がみんなの共通認識になりつつある。ネットもTVも、接続するためのハードや、回線の使用料が必要だが、情報はほぼ無料で、いくらでも得ることができる。

ところが、こういった環境で育った人たちは、なにもかもが無料だと勘違いをしやすい。たとえば、音楽や映像などのコンテンツは料金を取られる場合が多い。それを創作した人たちに対する報酬だからしかたがない、と諦めている人もいれば、でも、やっぱり無料じゃなきゃいらない、と金を出すのを渋る人もいる。

小説も、著作権が切れた作品では、無料で読めるものがある。こういう無料コンテンツが増えてくれば、いずれ有料のものはいらなくなるのではないか、と心配しているクリエータも多い。

簡単にいえば、情報は無料だが、発想は有料、ということなのだ。なにか新しいものを見つけて写真を撮り、これをみんなに見せる。これは「情報」である。その写真はその人の著作だが、同じものを誰でも撮影することができる。「私が見つけたものだから、ほかの人は遠慮してほしい」とは言えない。しかし、もし、なにか面白いものを自分で作り出したときには、それはその人だけのものとして認められ、ほかの人は写真を撮ることはできない。

新種の虫や植物を発見しても、それが自分のものになるわけではない。せいぜい、命名の権利があるだけで、それを使って本を書いたりすることは、誰でもできる。けれども、その虫や植物の育てる方法などを考案したときには、その技術で特許を申請して独占できるし、その権利を売ることもできる。

あらゆる創作は、本来は有料である。無料にする場合があっても、それは特別なことであって、サービスだったり、宣伝だったり、なんらかの理由がある。それを産み出すために労力がかかったかどうかとは無関係だ。その例として、創作者が死んでも、その遺族がその権利を受け継ぐことができる。日本では死後五十年、欧米では七十年も著作権は保護されることになっている。

伝達されるだけのものか、人が創り出すものか、という違いである。かつては、伝達されるものも有料だった。それは、新聞であれば、取材し、印刷し、運搬し、配達するというエネルギィが必要だったからである。今は、それが無料になった。

# 36 自慢か謙遜かという判断はない。相手が興味を示すかどうかだ。

物書きを仕事にする場合の基本は、相手が興味を示すものを出力する、ということである。自分自身を売り込むことではない。自分をどう見せようか、という点はどうでも良い。

ところが、多くの人は、自分をどう見せるか、ということを基本に置いてものを言う。あるときは自慢し、あるときは謙遜する。相手によって、それを使い分けて、自分というものを演出する。社会的にはそれが常識である。だから、物書きの発言も、そういった基準で書かれているのだろう、と無意識に感じてしまうようだ。

TVタレントなどは、自分の見せ方も出力に含まれる。言っている内容よりも、自分の見せ方の方に重点がある場合も多い。なによりも、好かれることが重要な要素になる。それが仕事に直結しているからだ。でも、ときどき、憎まれ役のような人が登場し、大勢からわざと反感を買うようなことを言ったりしたりする。これを見ている人は、「どうしてあんな馬鹿な真似をするのだろう」と不思議に思うかもしれないが、そういう自分の見せ方も一つの手なのだ。ドラマにも悪役が必要なのと同じで、引き立て役なり、話題提供なりの需要があるため、仕事が成立している。

物書きにも、これに近いものがある。大勢から嫌われることをわざと書く、ということはありうる。それはギャグになるときもあるし、毒舌になることもある。身も蓋もない話をあっさり書くとか、本音トークみたいなものも、需要がある。言いたくても言えないことを、はっきり言ってくれると、ある程度の人たちは、拍手を送る。おおっぴらにはできなくても、心の中で拍手をするのである。

それを踏まえて、僕の場合だが、実は僕は、自慢も謙遜もしない。書くときにもしない。聞いた人や読んだ人がどう受け取るかは、その人の感性の問題であって、僕はどう思ってもらってもかまわない。自分としては、自慢をしないように、謙遜をしないように、と常にブレーキがかかっている。ただ事実を書く、思ったことを書く、観察したことを書く。結局は、自慢も謙遜も伝える行為には雑音なのである。

こんな成功をした、というのは、成功したならば自慢ではない。ただ、それを成功だと思っているだけだったら、少し自慢になる。「八十点取ったぞ、凄いでしょう」みたいなものだ。それに比べると、「百点でした。勉強したから当たり前ですけど」は謙遜になるだろうか。いちいちコメントが面倒なだけに思えるが。

# 37 複数形が気になる人です。

阪神は、どうしてタイガースなのだろう。グループサウンズのザ・タイガースも同じである。デトロイトのタイガーズと区別するためかもしれない。講談社の最初の担当K氏に、「どうして、ノベルズじゃないの？」と疑問をぶつけたことがある。K氏はにやりと笑って、「そうなんですよ。これはノベルスなんです。永遠の謎です」などと言っていた。公然の不思議らしい。

そもそも、日本語には複数形がない。したがって、日本人には複数形の概念が曖昧だ。野球のチーム名はまだちゃんと複数形になっているだけ偉い。ジャイアンツだって、ジャイアントではない。カープなんか単複同形である。でも、マイアミのマーリンズは複数形だ。単複同形であっても、アメリカはチーム名なら複数形にするみたいである。だったら、カープスかもしれない。いろいろ複雑な事情がありそうだから、スかズかくらいは少し大目に見よう。

サンダーバードは、サンダーバーズである。一号から五号まである。一台だけしか来なかったら、サンダーバードでも可だ。この場合は、「サンダーバード・イズ・ゴー」になる。キーボードが二つあったら、キーボーズだ。どこかの小坊主みたいな響きがある。

データは、data だが、これは datum の複数形だと習った。しかし、datum なんてほとんど使わない。「There is no data とよくコンピュータが文句を言うではないか。ちなみに、There is only one data というのもよく見かける。どうも、datum はもう使わないみたいだ。でも、beta（β）は、betum の複数形ではない。

基本的に、群れを成す動物は単複同形になる。カープがそうだし、マーリンもそうだ。羊も沢山いても sheep である。アメリカ人は大勢いると Americans と複数形になるが、日本人は大勢いても Japanese である。なんと、日本人は単複同形なのだ。これは、群れを成すからだろうか。ちなみに、Chinese も同じである。

僕が子供の頃には、ザ・ピーナッツという双子の歌手が活躍していた。モスラの歌をうたった。その一人がタイガースのジュリーと結婚した（二人ともではないはず）。これは、単数ならピーナットだろうか。豆のことをナットと言わないのは、普段から複数形を使っているからだろう。ネジを止めるナットも、同じ綴りだが、これは単数形で呼ばれている。考えだすと夜も眠れない。

# 38 マンホールの蓋が円形である理由は聞き飽きた。

穴の中に落ちないために円形だという。しかし、ルーローの三角形でも落ちない。ルーローの三角形というのは、ロータリーエンジンの形、といえばわかるだろうか。わからない人は、ネットで検索してほしい（便利な世の中になったものだ）。

断面がルーローの三角形のエンピツを作ったとしよう。これを何本か並べておいて、その上に本とか下敷きをのせて動かすと、エンピツがコロになって、滑らかに平行移動できる。円形でなくても、そういうことができる。幅が常に一定の形だからだ。ただし、中心からの距離は一定ではない。したがって、ルーローの三角形をタイヤにすると、車は上下しながら走ることになって、甚《はなは》だ乗り心地が悪い。

ルーローの三角形の部屋の中では、頂点間と同じ長さの棒の向きを三百六十度回転させることができる。つまり、円形の部屋よりも面積の節約になる。そういうことを考えて、なにかに使えないかと頭をひねったことがあるが、ミステリィのトリックくらいしか思いつかなかった。島田《しまだ》荘司《そうじ》氏が既に使っていなければ良いが、とも考えた。まだ書いていない。たぶん、書かないと思う。だから、ここに書いた。

先日、日本のメーカが、このルーローの三角形のフォルムの掃除ロボットを発売した。その宣伝をネットで見た。掃除ロボットは円形のものが多い。森家には、掃除機ではなく、雑巾掛けをするロボットが活躍しているが、それは正方形だ。

その新しいロボットは、なぜルーローの三角形になったのか、という説明で、部屋の隅に行き届く形だ、と謳《うた》っていた。でも、正三角形でも良い。正方形でも良い。少し説得力がないな、と僕は感じてしまった。ルーローという名前が欲しかったのかもしれない。

問題は、この掃除ロボットのコマーシャルで、ルーローの三角形をタイヤにした自転車が登場することである。前述のように、タイヤには向かない形なのだ。あくまでも、コロでなくてはならない。コマーシャルをよく見ると、タイヤがまあまあコロのような仕組みで動いているぎりぎりの苦しいデザインになっていた。おそらく、わかっていない上司か依頼主が「CMは自転車でいこう」と決めて、CGを作った技術者が、苦心惨憺《くしんさんたん》したのだろう。思わず涙腺《るいせん》が緩《ゆる》みそうになった。

マンホールの蓋に戻るが、「落ちないように穴を小さくしたら？」と子供にきかれたときに、どう答えるつもりなのだろうか、僕はそこをききたい。

# 39 ものを捨てて整理しろという洗脳を都会人は受けている。

建築関係のTVや雑誌では、「収納」が魔法の技のように取り上げられているが、そもそも日本の家屋には、押入という凄い空間があったし、納戸とか蔵とか、とにかく品物を仕舞い込む習慣があった。部屋には何一つ出ていない。座敷というのは、そういう空間だった。何故か、座敷なのに箪笥《たんす》を置いたり、机とか炬燵《こたつ》とか、家具をいろいろ置くようになったのは最近のことだ。本棚なんてものもなかった。

昔は、それくらい収納場所が広かった。庶民は逆にものを持っていないので、収納などいらなかったのだ。それが、だんだんと豊かになり、持ち物も増えた。部屋に置いたままのものが増えてくる。コンピュータだって、使い終わったら押入に仕舞うなんてことは無理だ。飾っておくものも夥《おびただ》しい。

平和な時代が続いて、家の中に入った品々は累積する一方だ。どれくらい家が重くなっているか、と心配になる。地震のときの揺れ方も違ってくるだろう。十年まえの地震では大丈夫だったのに、同じ震度でも、今度は崩壊したなんてことになるのでは、と心配する人はいないだろうか。僕は、そこまでは心配していない。

この頃では、人々に品物が行き渡ってしまった。家電ももう全部揃っている。性能がアップしていたうちは買い替えたが、頭打ちになり、壊れにくくなり、買い替えの必要がない。食器も溜まるし、衣料も溜まるし、いつか使えそうなものも捨てられない。部屋はどんどん狭くなっていく。押入とか収納くらいではどうしようもないくらい膨大な量の物品群が家の中に存在している。

こうなると、家に入れるものを制限するようになり、消費が衰える。それでは商売は困る。だから、捨てましょう、整理しましょう、売りましょう、高く買いますよ、となるわけである。特に、地価が高い都会では、豊かになったわりに生活空間は狭い。ものを減らすしかない。それがスタイリッシュだという啓蒙をする。そうすれば、新しいものを欲しくなるはずだ、と踏んでいる戦略である。

ものは少ない方が良い、と何故かみんなが考えている。僕はそうは思わない。ものは多い方が良い。当たり前ではないか。ガラクタでも沢山持っていれば、役に立つときがある。収納ができれば、本だって売らない方が良い。違うだろうか？

ものが少ないことを自慢する人がいるけれど、スペースの問題と、移動に費用がかからない、というメリットくらいしかない。ファッション的な流行ともいえる。

# 40 さきの心配をするよりも、今この瞬間を楽しもう、という馬鹿。

よく聞かれる物言いだが、これといった理由がなく、単に動物的、本能的に行動しようという意味を、少し格好の良い言葉にしただけで、ようするに人間性を放棄しているように聞こえる。もちろん、「無礼講」という言葉もあるとおり、人はあるときは馬鹿になった方が楽しいので、悪いわけではない。しかし、なにを勘違いしたのか、これを座右の銘にしている人もいて、それはさすがにちょっと馬鹿っぽい。

たぶん、明日のことを考えると、意気消沈してしまう。だから、一旦はそれを忘れて、今は（たとえば宴会の始まりだとして）ここで精一杯楽しもう、というようなことを言っているのだ。けれども、やはり明日のことを思い出して、あまり深酒せず、二次会も断って帰る、というのが人間らしい行動である。こういう行動をしなくなったら、それは誠実な人間ではない。仲間の信頼も失うことになるだろう。

毎回のように書いていることだが、自分の夢、自分の人生のためには、ある程度の計画が必要で、明日や明後日のために今日は我慢をする、ということがなければ実現は覚束《おぼつか》ない。毎日その日限りの楽しさに溺れていたら、ほとんど廃人になる。「王様のような生活」などというが、王様はもっと規律正しい生活をしているのが普通だ。「金持ちになったら……」と想像して、金持ちになるための努力をする。それをした人が、つまり金持ちである。それに、金持ちになっても、ほとんどの人は忙しく毎日仕事をしている。毎日遊んでいるのは、僕の知っている範囲では、僕くらいだ。その僕でさえ、自分の楽しみのために、毎日のノルマを決めて進めている。五百メートルの長さの線路を自分一人で敷いて、自分一人で機関車を作って、自分一人が乗って走っている。遊ぶのだって、だらだらと流されていたら、楽しくは遊べないということである（悪い例だったかもしれない）。

「さきの心配」という言葉にするから消極的になる。「さきざきまで考えて」と言えば良い。どういうことかというと、「さきの心配」になってしまうのは、「さきざきのことを考えて」手を打たなかった結果なのである。明日の心配を一週間まえにして、「来週の心配」をしておけば、もう少し障害は小さくなったはずなのだ。さらに、「来月の心配」のうちに片づけておけば、どうってことない簡単な案件だったかもしれない。「さきの心配」は、つまりは自分自身で放置して、大きく育ててしまった結果だ。「心配」がついには「絶望」になってしまうのである。

# 41

## この頃、穴を掘るのが上手になった。

穴を掘るというのは、地面にスコップを突き立てて、そこの土や石を取り出すという意味である（わかっている人多数）。こんな単純な作業でも、穴を幾つも掘ると、身につく技術というものがある。最初の頃は、すぐに疲れてしまったし、あとから躰が痛くなったりしたものだが、この頃は、そういう不具合がない。しかも、大きな穴を楽に掘れるようになった。どんな変化があったのだろうか。

まず、いろいろな情報を得た。土の中には何があるのか。石とか樹の根とか、穴掘りの障害となるものが各種存在する。障害に対して、どのように対処すれば良いのかがしだいにわかってくる。

次に、自分の肉体的な慣れがあるだろう。鍛えられるというほどではないが、人間は作業に慣れてくるものだ。初めて使った道具は手に馴染まない。豆ができたりする。しかし、使い慣れると、自分の躰の一部のように自由に操れる。

さらに、力加減をするようになる。最初から一気に力を込めると無駄が多い。石に当って跳ね返されたりする。どこでどのくらい力を入れるのか。あるいは、どこまで力が抜けるか、ということを覚える。疲れにくくなるのは、このためなのだ。

工事現場などで働く職人さんたちは、けっして走ったりしない。ゆっくりと歩いている。慌てないし、一所懸命にはならない。たびたび休憩をする。そのペースが、結果的には最大の効果を上げるということなのである。

自分の好きなことになると、こういった最適なペースで進めず、つい一所懸命になってしまい、失敗も疲労も多くなる。

「一所懸命やれ」と子供のときに教えられたけれど、この言葉は万能ではない。「集中してやれ」というのもたびたび聞かれるものだが、これも万能ではない。仕事の中には、少し力を抜き、あれこれ考えを巡らせて（一点に集中せず）進めた方が良いものがある。あるときは、一所懸命で集中していたために起こるミスもある。気が急ぎ、周りの状況を見ていないから発生する事故もある。

穴を掘るだけのことで、こんなに違うものか、というのが驚きだった。言葉で説明するのが難しい。これは穴を掘った人だけにわかる感覚だろう。ほとんどの作業に、同様のことがあると想像できる。大変そうに見えても、それをやっているうちに、「それほどでもないな」という境地に至るものが多いのだろう。

# 42 忘れたいと言いながら、忘れないでほしいとときどき思う。

どっちなんだ、と不思議に感じるのだが、この複雑さが人情というものだろうか。そもそもこの「忘れたい」というのが、意味がその言葉のとおりではない。「あの人のことはもう忘れたい」と言うのだけれど、忘れたかったら、言わなければ良いのに、とも思う。つまり、言わずにはいられないほど、忘れられない。忘れられないから、忘れたいのだ。

災害や事故に遭った人も、その悲惨な経験を忘れたいと言う。でも、記念碑を建てたり、何周年の追悼行事とかをして、「忘れないように」とも言うようになる。だいたい、良いことも悪いことも、ときどき歴史を振り返って思い出すのが、人間の習慣であって、しかも大勢で一度にそれをして、共感を得ようとするようだ。

もちろん、この人情というものを非難するつもりは毛頭ない。複雑なものだなあ、という感想と、あとは、大勢で集《つど》わなくても良いのに、くらいには思う。

まず、嫌な経験をすると、人はこれを忘れたいと思う。悲しいことから自分を遠ざけたいという気持ちからだ。これは、時間の経過にしたがって、しだいに和らぐ。忘れるわけではなく、思い出す頻度が少なくなるし、また、客観的になれる。しかし、そのうちに、悲しまなくなった自分を責める気持ちが生じる。忘れて良いのか、という迷いだろう。そこで、いろいろな機会を作り、定期的に思い出すようにする。そうすることで、たとえば、失われた大事なものへの責任みたいなものを果たそうとするのである。まとめると、悲しさは忘れたい、しかし振り返る姿勢は大事にしたい、といったところだ。忘れることと、忘れないことは、矛盾していない。

戦争なども、体験した人々にとっては、忘れたい思い出だが、思い出して、反省をする姿勢がなくなっては困る、ということになる。隣国が昔のことを再三持ち出してくるので、「そんな昔のことをいつまで言い続けるのか」と怒っている人が多いけれど、一方では、戦争を体験した人が少なくなり、後世にきちんと語り継ぐ必要があると訴えることには、きっと反対はできないだろう。

実際問題として、すべての人間、集団、組織、そして国も、過去の歴史の上に立っている。忘れようが、ときどき思い出そうが、いつまでも言い続けようが、大勢で黙禱しようが、そんなこととは無関係に、記録というものが残っている。その記録がつまり、歴史である。昨日と今日は違う人間だ、ということはありえないのだ。

# 43 自殺者が多いのは、いけないことだろうか。

大半の人がいけないことだと思っているはずだ。日本は、比較的自殺者が多い。人口当りの自殺者の数を自殺率というけれど、おおまかにいうと、一万人いれば一年に二人が自殺する。死因としても、主要なものだ。自殺するのは、年寄りの方が多い（六十代が最高）けれど、たとえば、二十代、三十代では死因のトップになる。死ぬ人の十人のうち二人くらいが自殺だ。つまり、言葉は悪いが、特別なものではなく、もの凄く普通の死に方なのである。

ただ、最近は、自殺率は減少傾向にある。一年に三万人以上自殺していたけれど、最近は二万人台になっている。それでも、交通事故で亡くなる人よりも六倍くらい多い数字といえる。

僕は、個人的に自殺を「絶対にしてはいけない」と全否定することは、これまでにしてこなかった。それは、人間には、自分の命に対しても自由に判断する権利があると考えているからだ。しかし、自殺にもいろいろあって、熟考した末の判断である場合もあれば、突発的な衝動で死んでしまう場合もある。もう少し考えればとか、誰かに救いを求められなかったのかとか、傍から感じることは多い。また、自殺へと追いやる原因も、人間関係、金銭関係、病気や怪我など千差万別で、これらをひっくるめて論じられるものではない。つまり、自殺に対して、賛成とか反対とか、と簡単に片づけられるものではない、ということだ。

SF的な話になるけれど、あらゆる医療技術が進歩して、病気や怪我で人間が死ぬことがなくなったら、自殺はまちがいなく死因の一位になるはずだ。こうなったときに、それでも自殺はいけない、とするのかどうかを考えてみると、つまりは、「死はいけないことか？」という疑問に行き着くだろう。

僕は、死をいけないものだと考えていない。ただ、一つだけ死の特徴があって、それは、「元に戻れない」という性質なのだ。ここが重要であって、この性質ゆえに、死を選ぶことへの慎重さを持ってもらいたい、とは思う。少なくともそれだけが、僕が言えることだ。

本人にとっては、死は悲しいことではない。死ねばなにも感じない。自殺の多くは、その感じない状態への逃避なのだ。ただ、遺された人たちは、大きな悲しみをぶつけられる。死は「いけないもの」というよりも、「嫌なもの」なのである。

# 44

## なにかというと現代への批判と取られるが、そうではない。

こんなふうにいろいろ思ったことを書いていると、ときどき森博嗣が「社会に対して一石を投じた」などと書かれたりする。「そうか、僕は一石を投じたのか」と溜息をつく。もう少し沢山投げている気がするのだが……。

「社会に対する批判」とも書かれたりする。これには、少し違和感を覚える。まだ「一石」の方が近い。あまり、社会に対して訴えるようなつもりはないのである。

「こういうのは、ちょっといただけないなぁ」と思うようなことがあっても、べつに人それぞれなのだから、法律に違反していないかぎり勝手にやれば良い。ただ、でも、少しは恥ずかしいものだ、と知ってほしい、という気持ちはある。恥ずかしいことなのにそれが当然になって、そのうち、それをしない人を批判するようになる。そこまでいくと、もう少し声を大きくして言いたくはなる。「貴方にとっては普通かもしれないけれど、全員に押しつけることではないでしょう」と。

僕はだいたいせっかちだから、人よりも多少早めにそれを指摘してしまう傾向があって、世間から「何を言っているの？」と首を傾げられるのだけれど、僕としては、問題が大きくならないうちに教えてあげて、皆さんが恥をかくまえにそれぞれ譲歩し、争いを避けられると良いのでは、という感じで見ている。

文章を書いて、それを多くの人に読んでもらえる立場になったのだから、少しは社会のためになるのでは、という気持ちも僅《わず》かにある。これは、上からでも下からでもない目線で、感情的なものはまったく含まれていない。ちょっと記憶に留めておいてもらえれば、あるときそれがきっかけで良い方向へ進めるかもしれない、くらいだ。

抽象的なことを書いているけれど、この抽象性が大事だと思っている。思い当たるものがない人にはさっぱりわからない。でも、近いところにたまたまいる人のうち、何パーセントかは気づかれると思う。

たとえば、賛成派と反対派が対立しているような場面を見ると、僕が言いたくなるのは、「好き嫌いをぶつけ合っている場合ではないのでは？」ということだ。多くの人が感情に囚われて、「絶対に嫌い」と反対し、また好きなことにつながる人は賛成をする。でも、同じ地球の上に一緒にいるのだから、好き嫌いをひとまず言わず、理屈で議論をした方が、結局はお互いの得になるように、僕には思える。「議論」も「考慮」も、感情ではない人間どうしのやりとりの基本だからだ。

# 45 「表」が通じなかった。数字を比較する習慣がそもそもない？

論文を書くときには、文章のほかに図表がある。図は figure、表は table だ。基本は、表である。まずは表がある。そこに数字なり、簡潔な文章なりが示されて、各項目の比較を見やすく示す。このうち、数字については、さらに見やすく図で表す。普通の人でも、時刻表とか成績表とか、あるいは値段表とか正誤表とか、おなじみの表があるだろう。日本では、表は罫線に囲まれた箱の中に収まっている。これが、海外ではそうでもない。罫線がまったくない表だってある。ただ、文字や数字を並べただけのものも表なのだ。

先日、新書の原稿を書いて出版社に送った。その中に、数字だけを並べた表があったのだが、編集者に「表は、そちらでデザインして、書き直して下さい」とお願いしたら、「表って、何ですか？」とリプライがあって、なるほど、「表」という言い方が一般的ではないのかな、それとも、一般に使われない言葉なのだろうか、とか考えてしまった。しかし、「表」のほかに言いようがない。テーブルと英語で言っても、たぶん通じないだろう。

きっと、小学生とか中学生なら知っている。社会に出て、大人になると、職種によっては、ほとんど使わなくなる言葉ということか。皆さんはいかがだろう。

論文では、図表に数字をふって、図1とか表2のように示す。一般に番号はそれぞれ別にふる。また、そのあとに図表の名称、あるいは説明文を書く。これを含めてキャプションという。この頃は、写真が増えて、これは図に含めるか、写真で独立させるか、いずれかになる。キャプションは、図や写真の場合は、図や写真の下に入れる。しかし、表の場合は、キャプションは表の上に書く。これが国際的なマナーになっている。日本ではそういう習慣はなくて、ばらばらである。

たとえば、本の最初にある目次は、表といえる。章題とページ数の対応を示したものだ。奥付も、表だろう。つまり、文章ではなく、なんらかの関係や対応を示したものは表なのだ。レストランのメニューも表だし、カタログも表だ。表だと意識しないだけで、実は世の中には表が沢山ある。

文字や数字だけではなく、写真や図が、表の中に含まれることも多い。エクセルという表計算ソフトを使って、普通のメールを送ってくる人もいて、その人にとっては、手紙も表なのか、と思うこともしばしばである。

# 46 「いっそ」と「いっそう」は使い分けられているのか？

「こんなことになるくらいなら、いっそ死んだ方がましだ」みたいに使う「いっそ」は、本来は「一層」だから、「いっそう」と書くのが正しいけれど、話し言葉では、明らかに「いっそ」であって、「一層」にある「さらに」という意味は、「いっそ」にはないようだ。だから、「いっそ」と「いっそう」は別の言葉として使い分けているように観察できる。たしかに、まるで意味が違うから、言葉を変えた方が合理的で、好ましい変化ともいえる。

「いっそ」は、別の言葉にすると、「むしろ」だろうか。しかし、「いっそのこと」なども言う。「そうなるくらいならば」というような意味である。

この言葉は、わりと複雑な思考、状況を示していて、小さい子供では使えないだろう。英語だと、rather か、あるいは、better yet くらいだと思う。

「こんな悲惨な現場に遭遇するくらいなら、いっそ盲目に生まれていればと思う」みたいなふうに古来使うのだが、やはり大人の言い回しといえる（最近では差別表現になる)。「お金持ちになりたいなら、いっそのこと王様になれば?」くらいなら、子供でも言えるかもしれない。こちらはやや「いっそ」の機微が足りない。

もう少し不思議系にすると、「こんな悲惨な現場に遭遇するくらいなら、いっそ王様になれば?」などが面白い。成り立っているのか、明らかな間違いなのか、どちらだろう。微妙である。

一般に、「Aになるなら、いっそBになる」とは、AもBもマイナスで、どちらも嫌だし、普通はBの方が嫌さが大きいと思われているのを知りつつ、しかし、自分にとっては、Aよりは、まだBの方が許容できる、嫌さが少ない、という意味になる。

「王様になる」は、一般に金持ちになるより難しいことだが、その難しさにあえて挑戦しては、という意味ならば、子供の言い分も正しい。単に、「金持ちよりも王様が上じゃん」の意味では不足だ、ということ。

世間では、僕のように「いっそ」に厳しい人は少ない。「またカツ丼か……、いっそ、天丼はどうなの?」くらい軽く利用されていて、これは、「むしろ」でも同様の傾向が見られる。言葉の一番最後につける口癖の人も多い。「そうだそうだ。それでいけって、いっそ」とかである。人になにかを勧めるときに使うようだ。単なる強調でしかない。同じ意味で、最後に「この際」や「マジで」を付ける人も多数。

# 47 僕の最近のオーディオ環境について。

話は違うけれど、AVのAがオーディオかアダルトか、よく混乱が起きないものだと不思議だ。僕は、オーディオの趣味がある。主に、真空管アンプを自作することが楽しいのだけれど、作ったからには音楽を聴かないといけないので、それなりにちゃんと聴いている。

小説を書くときは、買ってきたCDをそのままiPodに入れて、これを聴きながらキーボードを叩いている。イヤフォンを耳に入れて音楽をスタートさせると、自然にキーボードを叩くことに集中できるので、大変に便利だ（iPodではなく僕が）。この作業以外では、iPodは使わない。つまり、文章を書くときしかiPodで音楽を聴かない。入っているCDは、すべて好きなミュージシャンのアルバムで、例外なく洋楽のロックかジャズ。日本のミュージシャンは一切聴かない。

それ以外に音楽を聴くときは、真空管アンプでスピーカを鳴らす。これは大音響になるので、近くに人がいるときは憚《はばか》られる。隣の部屋でも聞こえてしまうからだ。

真空管アンプは、とにかく重い。一人で持ち上げて運べないものもある。さらにもっと重いのはスピーカボックス。これは二人いないと移動できない。僕の趣味のアイテム（たとえば、機関車とか）はどうしてこんなに重いのか、と苦々しく感じているのだが、実は、もっと重いものを避けて、これでもぎりぎり運べるものに限っている結果ではある。

それで、今年になって、新しいオーディオルームを建設した。ほぼ独立した離れのような建物で、ワンルーム。広さは約三十畳。長辺二面は、床から天井まで全面がガラス張り。音楽を聴くためだけではもったいないので、しばらくはゲストルームというか応接間にしようと思っているが、ゲストなんて来ないから、まだ役に立っていない。機関車を入れたり、線路を敷いたりしたらたちまちホビィルームになってしまうので、それは今のところ思い留まっている。

ここで、音楽を久し振りに大音響で聴いたら、とても気持ちが良かった。奥様もこれには驚き、自分のCDを持ってきて聴いているようだ（そのときは、僕は別のところにいる。音楽の趣味はまったく全然本当に共通点がなく相容れないからだ）。大音響なので外にも漏れる。確かめたら、五十メートルほど離れてようやく聞こえなくなった。その範囲はまだ庭園内なので大丈夫だろう。

# 48

## 文庫書き下ろしが有利になるのはどんな条件か？

本書は、「文庫書き下ろし」である。つまり、文庫のまえに単行本と呼ばれる大きめの本が出ていない。最初からいきなり文庫にした、という意味だ。普通は、単行本がさきに発行され、一般に三年後に文庫になる。この場合、単行本が書き下ろしで、文庫は「再録」という形になる。

読者にとっては、文庫の方が安いので、早く文庫になってほしいだろう。熱烈なファンとか、立派な書棚にインテリアとして本を飾りたい人とかでもないかぎり、単行本は買わないのではないか。僕も多くのファンに単行本を買っていただいているので、こんな正直なことは書きにくいのだが、やはり内容が同じだったら、安い方がコストパフォーマンス的に優れている。三年待てるかどうか、という選択になるのか。

ところで、作者にしてみると、書き下ろしと再録では印税率が違う。一般に、書き下ろしは十二パーセントで再録は十パーセント。つまり二割の差がある。雑誌などで発表されたときは、単行本でも再録になる。これは雑誌発表時に原稿料なるものをいただいているから、その分印税が低い、と解釈できる。

単行本は高いから、印税の額も高くなる。だから、単行本を出せば作家は儲かる。しかし、高いが故に数は売れない。文庫は安い分、数が出る。本当に、単行本を出した方が作家は儲かるのだろうか。単純な計算をしてみよう。

単行本の価格を文庫の2倍と仮定し、単行本の部数をx、文庫の部数をyとする。文庫だけ出した場合にも、同じx＋y部が売れるものとする。この仮定の下で、単行本を出した方が儲かる条件を方程式にすると、以下のようになる。

$$12 \cdot 2ax + 10 \cdot ay > 12 \cdot a(x+y)$$

aは、文庫の価格である。これを整理すると、以下の不等号が得られる。

$$6x > y$$

つまり、yがxの六倍よりも小さい場合は、単行本を出した方が有利だ。しかし、文庫が単行本の六倍以上部数が伸びるならば、最初から文庫で出した方が印税の総額が多くなる。もし単行本が一万部で文庫が六万部だったら、文庫だけで七万部売れば同じになる、という意味だ。

単行本を出した方が絶対に有利だと思い込んでいないだろうか（誰に話しかけているのかな）。大事なのは、なんでもきちんと計算すること。

# 49 「ぼろい」という言葉は、関西ではよく用いられる。

関東の人はあまり使わないかもしれない。特に、「おんぼろ」とか「ぼろっちい」のように、古くて見窄《みすぼ》らしいという意味でしか使わないだろう。これは、ボローニャというフランス語から来ているというのは嘘で、「襤褸《ぼろ》」つまり、古布のことだ。「ぼろは着てても〜」なんて演歌もあった。「ぼろ切れ」とも言う。この「切れ」は、切れ端のこと。

ぼろ切れといえば、「ウエス」といって、機械などの汚れを拭き取る襤褸が商品として売られている。僕はよく実験で使ったし、個人でも買っている。一塊で二千円くらいするが、下着などを引き裂いて漂白したものだ。ラジコン飛行機を飛ばすときなどもエンジンや機体を拭くのに必要になる。若い頃、早朝にラジコン飛行機を飛ばしていたが、パトロール中の警官に職務質問されて、自動車のトランクを見せろと言われ、そこに下着が沢山入っていて説明に困ったことがある。幸い、疑われなかったが、このとき、警官は下着泥棒を探している、と話していた。危ないところだった。

さて、「ぼろい」には別の意味がある。辞書を引くと、そちらの方が上に書かれている。「元手や労力に比べて利益が甚だ多い」の意味で、「ぼろい商売」と使う。関西弁で、「ぼろおまっせ」などと言ったりする。

ぼろい商売として、僕が一番に思いつくのは小説家である、というのは嘘で、詐欺まがいの商法を言うのだろう。金を右から左へ移すだけでピンハネできるようなものとか……、あ、まっとうな商売でもあるな……、とか、あまり具体的には思いつかないような気がしてきた、ということにしておこう。

基本的に商売は、多少はぼろくないと成り立たないともいえる。たとえば、博打とか宝くじのような利潤の薄いものは、ぜんぜんぼろくない。ただ、儲かったときに限って、「ぼろ儲け」と言ったりするが、足しげく通っていくらすったかを勘定に入れると、ごく普通の商売よりも儲からない（儲かるなら、大資本が既に手を出しているはずだ）。

完敗のことを「ぼろ負け」という。これは辞書にあった。しかし、最近は「ぼろ勝ち」をよく聞く。意味はわかるが、昔はなかった言葉ではないだろうか。散々に罵《のゝし》ると「ぼろくそ」である。そういえば、子供のときに、ボロットというロボットが出てくる漫画があって、その主人公が「丸出だめ夫」だった。キラキラネームである。

# 50 本には書けることでも、ネットで発言すると炎上する。

ＴＶでタレントやコメンテータが発言したことが問題となって、謝罪に追い込まれる事例が頻繁である。これは、ＴＶというものがメジャであり、非常に多くの人が見ている、という条件だからだ。つまり、通りすがりでたまたま見ていた人の中に、その発言で傷つく人がいる、との観測に基づいている。政治家とかならいざしらず、まだ十代のアイドルとかが、うっかり言ってしまったことなど、問題にする方が行き過ぎだと感じるけれど、綺麗事の「場」であるのでしかたがないのだろうか。

これに対して、著作で言いたい放題を書く場合は、書いたことを謝罪させられるという事態にはならないようだ。けっこうな偏見や誤認が見受けられるけれど、これは読者はそのつもりで読んでいるので、「通りすがり」ではない、という理由から許されているのかもしれない。そもそも、好き勝手なことが書けるのが作家であるし、これを否定したら、それこそ「表現の不自由」になる。では、その作家がＴＶに出演して、自説を述べたらどうなるのか。僕が観察したところでは、やはり「謝罪しろ」という炎上騒ぎになっているものが幾つかある。作家というものは、社会の常識に則《のっと》り、空気を読んで発言ができる大人しい立派な人間だと思われているのだろうか。

ＴＶはメジャであり、書物はマイナだ、という前提があっての判断のように見える。しかし、政治家になると、マイナな場で発言したものも、マスコミが報道して、「こんなこと言ってたぞ」とメジャの場に拡声することも多い。したがって、有名になるとそういう目に遭う、ということだ。作家であっても有名になると、書いたことに対してとやかくいちゃもんをつけられる。小説の主人公がどこかの地方を田舎だと言ったとかでクレームがついたりするのだ。有名にだけはなりたくないものである。

クレーム自体は、僕は自由だと思っている。ただ、「謝罪しろ」という要求は理不尽だ。その権利は、いくら頭数を集めても「余計なお世話」になるだけだ。それから、「謝罪すべき」という上から目線の態度が、実に醜い。恥ずかしい。そのみっともなさは、滑稽《こっけい》だが笑えない。せめて笑えたら、多少は救いがある。

曽野綾子《そのあやこ》氏が、新聞で人種ごとに住む地域を分けた方が良いと書いて、炎上したことが最近あった。この場合、「新聞」だったことが一つの条件だったのだろう。彼女は、近著で「たかが作家」と書かれていたが、実にまっとうで正しい価値観だ、と僕には見える。一人一人は、例外なく全員が「たかが個人」なのである。

# 51 「一票の格差」には、もう一つ意味があると思う。

選挙区によって、投票する人口が違うので、結果として一票の格差が生じる。これが問題となって、裁判になり、過去の判決では、格差が二倍以上になっても合憲となっている。あまり酷くなったときは、選挙区の調整が必要になるわけだ。

この問題は、きちんとルールを定めて、それに基づいて選挙を行えば良いのだが、人口が変化するし、政治家自身が自分の利害に関係することだから、対処が緩慢になったりもする。

僕は、その格差よりも、一人の人間が一票に込める判断の格差が大きいと思う。たとえば、候補者が二人いたら、この二人からどちらかを選んで投票することになるが、個人の判断として、「百パーセントAだ」という一票と、「AもBも嫌だけれど、まあ、どちらかといえばAか」という一票は、だいぶ違う。前者は、Aに百点を与えたい一票だが、後者は、Aには二点、Bには一点しかあげられない一票かもしれない。こうなると、同じ一票でも五十倍も点数が違っていることになる。

一人の投票者が百点を持ち点として、投票のときに候補者それぞれに点数を入れる、という投票にすれば、この格差は解消する。〇点を入れても良い（投票に行かないのと同じことになるが）。持ち点をすべて投じる必要はない。

投票が電子的に行えるようになれば、これは可能だ。集計も難しくない。でも、個人の中で、この点数が決められないという人が多いかもしれない。この場合、今の投票はデジタルであり、一票を点数制にする方がよりアナログである。

人間というのは、意外にデジタルなもので、特に年寄りになると、自分の判断を大方決めている。支持政党が決まっていると迷わない。そんなデジタル人間には、いちいち点数を決めなければならないなんて面倒だ、と感じられるだろう。一方、最近選挙権を得た十八歳の若者は、けっこう考えて点数を決められるはずだ。自分は、どんなふうに点数を割り出すか、採点方法まで考案する人がいそうである。なにしろ、本を読んでも星いくつ、と普段から点数評価をしていて、採点に慣れているのだ。

「絶対に反対」よりも「まあどちらかといえば賛成」の票がほんの少し上回っただけで、社会は「賛成」したことになる。納得がいかない人も多いだろう。この場合も、五段階評価くらいで集計した方が、みんなの意見に近いものになりそうだ。ようするに、「迷い」を「判断」に含めることができるからである。

# 52

## 「青い鳥を探しています」症候群の人が増えている。

「青い鳥症候群」という言葉を知っているだろうか。僕が大学生くらいのときに流行った言葉で、若者が理想を求めすぎて一つのことに打ち込めない姿勢を揶揄《やゆ》した表現である。たとえば、「これは僕が求めていたものではない」と簡単に諦めてしまい、次々と新しいものに手を出してしまう。きっと、自分に合った「やり甲斐のある仕事があるはずだ」と辞職と就職を繰り返す。この時代には、日本の社会に余裕が生まれ、選べるだけの豊かさがもたらされたからでもあった。

ところが、この傾向はむしろ今の方が顕著で、若者はほとんど青い鳥症候群を患っているように見える。ただ、その親の世代が、「子供には好きなことをさせたい」症候群だから、誰もが若者の優柔不断さに目を瞑っている。企業にしても、恐パワハラ症候群で強く言えない。面接などでは、「やる気」を訴えるくせに、入社すると行動が伴わない人がとても多い。青い鳥を追い求めるような積極性を持った人材が、実質的にはむしろ少ない、と求人側は感じているのかもしれない。

僕が見た感じでは、青い鳥症候群はもう「普通」になった。ほぼ全員がこれだ、といっても良い。それくらい、社会があの手この手で「青い鳥伝説」を見せてしまったせいだ。若者は、すっかり信じてしまっているから、青い鳥の存在を疑いもしないいないなんて、そんな馬鹿なことがあるか、といったところだろう。

まだ、青い鳥を探そうとするパワーがあれば良い。この頃は、ネットの普及によって、もう一段階症状が加わっている。それは、「青い鳥を探しています」症候群とでも呼ぶべき一群である。この人たちは、探そうともしない。「探しています」と呟けば、誰かが青い鳥がどこにいそうか教えてくれる、と信じているのだ。

「私の青い鳥を探して下さい。私の青い鳥は、私の好きな○○と××みたいな感じです。よろしくお願いします」とYahoo!知恵袋に投稿している若者を想像すると、「ネット依存症」というよりは、「私を助けてくれる不特定多数幻想依存症」とでも呼べそうな症状である。傍から見ていると夢を見ているように見えるが、このネット社会では、そういう拙《つたな》い他者の夢まで簡単に見えてしまう。見られている恥ずかしさを少しは感じてほしいが、それを感じるような人は正常であり、こうはならない。

「青い鳥」が結局どこで見つかるのか、という点を思い出そう。物語を知らない人は、知恵袋できいたりせず、自分で調べるように。

# 53 「ただなんとなく」の大切さ。

森博嗣は理屈っぽいと思われているかもしれない。たしかに、僕の奥様に比べると、僕は理屈っぽい。たいていの人が、僕の奥様よりは理屈っぽいはずだ。

僕は、よく奥様に、「どうして?」と理由を尋ねるのである。なにか理由があるのか、と何に対しても思ってしまう。しかし、奥様はたいていのことに「いや、ただなんとなく」とお答えになる。僕は、この答に満足する。それも、理由の一つだと考えているからである。

「ただなんとなく」というのは、理由がしっかりと言葉にできない状況を示しているが、それでも、物事を進めるための「動機」には充分なのである。すべての行動に、明文化できる理由があるわけではない。それはつまり、明文化できない理由も認めなければならない、ということでもある。

感情的な判断は、なんとなくではない。もっと強い言葉で理由として述べられる。「やりたいから」「好きだから」などである。これらの理由に比べると、「なんとなく」というのは弱い印象であるけれど、論理構築ができていないというだけで、感情的ではなく、ちゃんと理屈がある場合の方が多い。論理構築ができそうだ、という予感というか、「勘」のようなものが働いて、長年生きていると、自分の中でしっかりとした判断をしていても、理由の最終的な論理構築までは面倒なのでしない、という処理をするのである。

無理に理由を言葉にするよりはましだ。たとえば、「決めているから」などは、理由がないのと同じだし、「まえもそうだったから」では、「では、まえの理由は？」と問い返されるだけである。

そもそも、何故生きているのか、という問いには、「ただなんとなく」としか答えようがない。なにしろ、生まれるときからして、なんとなく生まれたのだ。なんとなく成長し、気づいたらけっこう何年も生きていたのである。今さら、理由もないだろう、という諦めもある。諦めて生きているのか、と言われそうだが、「諦める」とは、ある種の悟りの境地ともいえるのである。「なんとなく」には、そんな仏教的な香りが漂っている（線香ではなくて）。

おそらく、日本的な感覚だろう。キリスト教的な社会では、これが「優柔不断」になってしまうのだが、それは文化の違いといえるもののように最近感じている。

# 54

## 短編集は気持ちの切り換えが大変、というのを聞いて。

僕は、小説というのは短編集の方が売れるものだと思っていた。作家になってみると、まるで反対で、短編集は売れない。長編の方が良いし、シリーズならばもっと良い。シリーズを終わらせるなんてもったいない。そういうことがわかった。

僕自身は、短編集が好きで、新しい作家のものを読む場合、短編集があれば、それを選ぶ。また、どの本にしようか迷ったときには、あらすじなどを読んで判断材料にすることは一切なく、単に本が薄いものを選ぶ。なるべく短いものが好きだ。

何故、短編集が売れないのか、不思議だった。また、自分で短編集を出したときに、多くの読者から、「話が全部ばらばらだった」という感想をいただいた。つまり、短編集でも、シリーズ短編が好まれるようだ。シリーズでなくても、なんらかの関連、あるいは縛《しば》りがあってしかるべき、というのが日本の一般的な感覚らしい。

僕が短編集が好きなのは、ばらばらだからである。幅があって、いろいろなタイプがあるものが好きだ。作家の大きさがそれでわかる、とも思っている。したがって、自分もそこに気をつけて、振れ幅を大きくしたつもりだった。これが、まったく逆効果になったわけである。

先日は、「気持ちの切り換えが大変だから、短編集は疲れる」というツイートがあった。この意見はときどき見かけるものである。これがつまり、読者が長編やシリーズものを好む理由なのかもしれない。どんな世界なのか、どんなキャラなのか、そういうことが既知であることが重要なのだ。新しい物語は、最初はなにもわからないから、いろいろ想像し、考えて読まなければならない。それではすっと物語世界に入っていけない。だから「疲れる」ことになる。

これは、毎日同じものを食べたい、と同じだ。初めてのものを食べると、これは何だろう、と考えなければならないから、疲れるかもしれない。けれども、小説を読むことは、毎日の食事よりは、もう少し文化的な活動であって、日常生活から気持ちを切り換えるために臨むものではないだろうか。

なにかと「疲れない」もの、つまり「易《やさ》しい」ものへとシフトしている。「読み甲斐」のあるものは避けられているように見える。最初のうちは簡単なもので慣れ親しみ、少しずつ難しいものに挑戦する、といった方向性もない。そのうちラノベしか読まなくなる。「気持ちの切り換え」こそが楽しさを生むように僕は思うのだが。

# 55

## 道筋を示せば突き進むことはできるが、道を探せない。

子供の頃から、周囲の大人が心配をしてくれて、あれもこれもと段取りをしてくれる。自分は、ただそれに打ち込めば良い。つまり、「環境づくり」を親がしてくれる子供が増えている。これは、子供の才能を伸ばすには、たしかに好条件だろう。この頃のスポーツ選手、あるいは芸術家に多く見られる傾向といえる。

その道で成功を収めた人は、それで良かった、ということになる。しかし、みんながみんな、そんなに上手くはいかない。その道では障害や限界にぶつかることの方がずっと多い。すると、別の道を探して進むことになる。これが普通だ。

そうなったときに、既に子供はかなり成長している。大人になっている人もいる。そこから、別の道を探すのだけれど、今まで歩いてきた道で苦労をしているから、苦労には慣れている。そういった根性は育っている。ただ、一つだけ足りないものがある。それは、道を探す能力だ。

次の道も、その次の道も、すべて親がお膳立てをしてくれるならば良いが、たとえそうであっても、社会に出れば、いろいろな場面で、自分なりの道を探すことが必ず必要になる。そんなとき、「何故、上司は指示をしてくれないのか？」「これをしろと言ってくれればするのに」という不満を持つようになる。これが、「道を探せない」ということなのだ。

鉄道は線路の上しか走れない。自動車だって、今は舗装された道路しか走らない。舗装されていないだけで、どれだけ乗り心地が悪いものか、今の日本人の多く、特に都会の人は知らない。そして、道がないと、そこへは行けないものだと思い込む。ナビが指示しない場所は、海や湖と同じだ。

自動車も人も、勝手に他人の土地へ踏み入れることはできない。しかし、「人生」には、そんな規則はない。自分が目指すものがあれば、そこへ到達する方法は、既に見えている道だけではない。どこを通っても良い。それぞれが得意な道を選べるし、その道を自分で作ることだってできる。

プラモデルのように説明書があって、パーツが全部揃っているものを作るときには、説明書に不備があれば腹が立ち、パーツが足りなければ頭に来る。でも、もし一から自分で作るときには、どんな困難に出会っても楽しいものだ。誰かが自分に苦労をさせているわけではない。自分で買って出た苦労は、もう「苦」ではない。

# 56 楽しみは、自分の中に閉じ込めたときに一番楽しくなる。

長く書き続けてきた欠伸軽便鉄道のブログを昨年末で終了した。これは、僕の庭園鉄道の記録だった。ダイジェストにしたレポートは残しているけれど、ブログの方は大部分を削除した。もともと、庭園鉄道の本を買ってくれた読者へのアフタ・サービスとしてやっていたもので、そろそろサービス期間終了、となったわけである。

しかし、その後も庭園鉄道の活動は続いている。新しい土地で新たな路線の建設を始めている。線路の総延長は五百メートル以上になり、おそらく、これが最後になるのではないか、と考えている（でも、まったく気負っているわけではない）。

今度の土地は、森林だがほぼ平たいので、線路は敷きやすい。これまでのノウハウの蓄積もあり、また線路も大部分が再利用できるため、この一年ほどで、八割くらいの路線が開通できそうである（もちろん、整備が必要だが）。

ブログで報告しなくなったので、本当のプライベート線となった。工事をしても、記録を取っていない。人に見せるわけでもないので、工作や工事の進みが遅くなるのかな、と予想していたのだけれど、とんでもない、毎日暇を惜しんで働いている。予定はどんどん前倒しになり、素晴らしいスピードで進展している。ブログのために写真を撮る必要もなく、レポートを書く必要もない。とても快適に作業が進む。

ブログを書いているときには、読んでくれるファンがいるし、そのやり取りもあって、それなりに面白かった。しかし、やめてみると、「ああ、なんて自由なんだ」と感じるのである。つまり、全然辛いことでもなかったけれど、なんらかの支配を受けていたことがわかる。

庭園鉄道のブログだけではない。普通のブログをやめたときも、自由を感じた。たとえば、楽しみでやっていたクラブ活動なども、やめてみると、自由な時間というものを体験できる。楽しいからやっている、と思い込んでいたというわけではない。楽しくても縛られていることがある、と理解した方が良いだろう。

人に見せることが楽しみだと勘違いしている場合は大変多い。自分だけで楽しさを独り占めできると、それに気づく。外に出さなくても良い。出すために作るのではなく、そもそも自分の中にある価値だったのだ。

おそらく、孤独が辛いと感じる人は、人に褒められて価値に気づく、自分の中にある価値を見つけられないのではないか。もう少し、探してみてはいかがだろうか。

# 57 硬さと強度は違う性質である、について再び。

以前に、ガラスはコンクリートよりも強度が高く、鉄よりも硬い、という話を書いた。同じ形ならば、ガラスの方がコンクリートよりも重い圧縮荷重に耐える。カッタナイフでガラスに傷はつけられない。そんな話だった。

この頃の日本のTVは、料理が登場し、タレントが「美味い!」と叫ぶものが多い(奥様がチャンネル権を握っているためだが)。「美味い」以外では、「甘い」「軟らかい」「ジューシィ」の三つの形容詞しか出てこない。「味が薄い」は、「上品」になる。ほかに褒めようがない、ということだろうか。

肉を食べると、必ず「軟らかい」となるが、軟らかくても、嚙み切れないものはある。レポータが名物を試食して、「うわぁ、軟らかいですね」と言いながら、いつまでも嚙み続けているような場合はこれである。

ゴムは軟らかい。少しの力でよく伸びる。しかし、ゴムを引きちぎろうとするとかなり力がいる。紙テープはゴムのように伸びないが、ゴムよりもちぎれやすい。つまり、軟らかいからといって、強度が弱いわけではない。逆に、硬いけれど、簡単に噛み切れるものもある（煎餅《せんべい》とかがそうだ）。

硬い軟らかいと、強い弱いは、物理的に異なる性質なのである。たとえば、絶対に手を離さない握力があっても、腕がゴムのように伸びたのでは鉄棒にぶら下がっていられない（いささかシュールな喩《たと》えになってしまった）。硬いけれど弱いといえば、人間でいうとツンデレみたいな感じだ（だいぶ違うような気もするので、なかったことにしてもらっても良い）。

僕はわりと酸っぱいものが好きだ。スイーツなどは、酸味があるものを好んで食べる。甘さだけでは、もの足りないというよりも、食べたくないと感じてしまう。この甘さと酸っぱさくらい、硬さと強さは違うものだ（不適切な喩えだろうか）。

このまえ書店で、「高学歴なのに何故人と上手くいかないのか」みたいな本を見た。これを書いた人は、高学歴だったら人と上手くいくのが普通、という立場に立っている。僕はこの逆で、高学歴だったら人と上手くいかないのが普通ではないかと思っているので、本を書くとしたら、「高学歴なのに何故人と上手くいくのか」というタイトルになるだろう。ようするに、高学歴と人間関係は、そもそも違う性質であり、独立している。関連があると見るのは、人の勝手な思い込みなのである。

# 58 受信者は送信者の何倍くらいいれば良いのか？

電波の話ではなく、創作の送り手と受け手の比率についてである。小説であれば、三千倍くらいいれば、まあまあ成り立つかもしれない。三千人が小説を買ってくれれば、二千円の単行本で、印税が六十万円くらいになる。これならば、ビジネスとしてぎりぎり成り立つ。もちろん、受け手は多い方が良いのは当然である。

画家は、一枚の絵を六十万円で売れば良いわけだが、小説一作と同じ時間で描ければの話だ。この場合、受け手は一人で良いが、ほとんどパトロンである。よほど将来性があるか、絵以外にも魅力がなければ成り立たないだろう。

畠で野菜は何千個も一度に作ることができる。やはり、大量に生産できるものは、受け手の数を増やしやすい。同時に、個々の単価が下げられる。生活に必要なものを各自で分担し、みんなで交換をするのが人間社会の仕組みだが、百人くらいでは製産できるものが限られる。小説なんか見向きもされないだろう。やはり何千人も人が集まって、衣食住の生産者がそれぞれ揃ったあとに、娯楽を提供するような仕事が登場するので、書き手の数千倍くらいは読み手がいなくてはいけない。

仮に五千倍が平均だと考えると、一億人の読者ならば、二万人の作家を養える。ただし、人気作家が出るほど、作家の総数は減る。

もう一つ要因があって、製産する時間と消費する時間の比である。一作書くのに一カ月かかっても、読むのはせいぜい三日だ。だとすると、一カ月に十作読めてしまう。ならば、読者の総数は十分の一でも、生産物を消費できる。

さきほど、一億人の読者などと戯言《たわごと》を書いたが、日本で小説を読む人口は多く見積もっても、五十万人程度だろう。すると、この五百分の一、すなわち千人の作家がいれば良いことになる。この概算はわりと良い線なのではないだろうか。

受け手といっても、もちろん受けるばかりでは生きていけない。なんらかの仕事をしている。その仕事では、他者になにかを送り届けている。自分が何人に送っているかを想像するのが難しい場合は、自分の稼ぎに、仕事仲間の数を掛け、送り届ける商品の値段（のうちの利潤）で割ると、その人数がだいたいわかる。商売をするときにも、この計算が必要だと思う。その「場」に何人の消費者がいるのかを把握することが、すべての始まりになる。逆に、この法則で値段が決まるともいえる。

図書館で読んでいる人は勘定に入れない、ということになるのかな……。

# 59

## 似て非なるものは、非なるがゆえに似せたものである。

虫のことはあまり知らないが、庭に生えている植物だけでも、非常に似ているものがある。しかし、明らかに別なのだ。たとえば、抜いてみると根の形がまるで違う、花が咲くと違いが明らかになる、などである。地面から出た葉や茎は、ほとんど同じなのだ。こういうことに気づくのは、その草が有用であったり、逆に排除すべき雑草であったり、ようするに、自分の都合にとって識別が重要になるからだ。

似ているのに違っているんだな、と素直に受け取るのも良いが、違っているものが何故ここまで似るのか、という点は大いに不思議である。

僕は理科の中で「生物」が最も知識がない。選択しなかったし、固有名詞を記憶するのが苦手だから、子供の頃に嫌になってしまった分野である。それでも、「擬態《ぎたい》」という言葉を聞いたことがある。動物が植物そっくりの姿になったりする。見つかりにくくしているというのだが、そういう「知恵」を何故持っているのか不思議だ。知恵ではなく、自然淘汰なのだろうか。それにしてはわざとらしくないか、と思うのである。

植物などは、「知恵」でやっているのではない。しかし、こうしたら害が避けられて有利だった事象が重なって、生き残るという理論だ。毒のある別種に似せておけば、自分も食べられない、という高度な対策を練るらしい。本当だろうか。

人間社会に出回っているもの、たとえば、商品、あるいは人格なども、似て非なるものが多い。商品の場合は、偽ブランドだったり、あやかり商法だったりするが、人格については、魅力のある人物に似せよう、とする。いずれも、まずは外見を似せる。つまりファッション。次は、言動である。ただし、ひょいと摘まれると、根が違う。花が咲くと違いは隠せない、ということになってしまう。

これら全般に共通するのは、たまたま似ているのではなく、似せているということである。似せることが有利な結果をもたらすので、自然にか、あるいは意識的にか、似せて振る舞うのだろう。

人間の場合は、外見や言動が自分である程度変えられるから、似せる能力がそもそもある。ただ、「非なる」ことはいかんともしがたい。そこまで根本的に変えられる能力はないから、似せているのだ。残念ながら、似せることで欺《あざむ》けるのは他者であって、自分自身ではない、という点が哀愁を誘う。

# 60 果物や野菜の漢字は難しい。どれもキラキラネームである。

キラキラネームについては、既に幾度か書いている。あまりにも増えすぎて、それが普通になってしまい、ぜんぜんキラキラしなくなった。読みにくいから、イライラネームではないかと思うが、僕自身には被害がないので、どうだって良い。

それよりも、野菜や果物の漢字が難しい。野菜だと、牛蒡《ごぼう》、人参《にんじん》、南瓜《かぼちゃ》、紫蘇《しそ》。果物だと、葡萄《ぶどう》、檸檬《レモン》、林檎《りんご》、杏子《あんず》。一般的で毎日食べたりするものなのに、難しすぎる。読める人も少ないし、書ける人はさらに少ないだろう。普段は、平仮名か片仮名で書かれていることが多い。たぶん、由緒のあることだと思うけれど、まさにキラキラネームではないか。若い夫婦が子供に変な名をつけると非難するお年寄りは、野菜や果物の名前はいかがか、と問いたい。平仮名で書くと文章中で読みにくいし、片仮名で書くと外来語かと思われてしまう（檸檬など、外来語も多いが）。

それから、地名が読めない。読めないけれど、漢字を使う。東京の山手線《やまのてせん》の駅であっても、関東在住者でなければ常識とはいえない。ルビを振ってもらいたいし、ルビは、文章の最初だけでなく、常に振ってもらいたい、と僕は思う。一度聞けば覚えられる人ばかりではないと思う（僕は何度ふってもらっても覚えない）。

そもそも、どうして読めない文字があるのか、ということになるが、文字がさきにあったのではなく、もともとは呼び名だった。それに字を当てたわけだが、このとき、平仮名のように文字と発音が一対一に対応しているものなら問題がないが、漢字は読み方が何通りもあるうえ、それ以外に例外的な読み方をするものが多すぎる。英語だって、スペルをどう読むのかはけっこう難しいけれど、日本の漢字ほどではない。中国だって漢字だが、読みはこんなに難しくはない。

ところで、ジュース（juice）というのは、「汁」のことで、果物、野菜、肉のいずれでも用いる。日本では、ほとんどソフトドリンクの意味になっている。「果汁入りジュース」なんて英訳ができないだろう。最近、ジュースの名前に、葡萄とか林檎といった漢字を使うものが目につくが、それならば「葡萄汁」や「林檎汁」とすれば良い。「汁」という漢字は簡単だし、一文字で示すことができて便利だと思う。

豚汁や味噌汁は、ジュースとはいわない。これはスープになるようだ。肉の中では、牛は簡単だが、豚と鶏は漢字が難しい。鳥、鶏、酉など使い分けないといけない。日本人は、面倒なことに楽しみを見出す民族だと思う。

# 61 相槌は基本的に共同作業であって、引き立て役の意味ではない。

「相槌《あいづち》を打つ」というのは、話し手に調子を合わせて頷いたり、「そうよねぇ」などと同意の言葉を発することだ。僕は、相手の話に疑問があったり、その意見には賛成できないときには、けっして相槌を打たない。しかし、僕の奥様は、どんな話にも相槌を打つ。あとで、意見を確認すると、まったく同意はしていない、と言うのである。つまり、相槌を打つことは「承認」を示すことではない、というのが奥様の「流儀」なのだ。これでは、議論がしにくい。異文化といえる。

それは良いとして、そもそも「相槌」とは何かというと、建築現場で大きな槌で柱などの木材を叩いているのを見たことはないだろうか、あの道具が「相槌」である。それから、刀鍛冶《かたなかじ》職人が、二人で交互に焼けた鉄を叩く作業があるが、あれも相槌というらしい。だとすると、餅つきのときに、交互に餅をつくのもそうだろうか。あれは、槌ではなく杵《きね》だが、事実上、槌と杵はほぼ同じ道具と見なして良いように思う。英語だと、槌はハンマで、杵はマレット（マレット・ゴルフのマレット）だが、

malletは辞書で引いたら「木槌」とあった。

どうも、「相槌を打つ」を、「話に調子を合わせる」の意味で使う場合、能や歌舞伎などの音楽（囃子《はやし》）にある「鼓《つづみ》」を想像してしまう。あれはまさに調子を合わせて打っている。手拍子なども、「囃し立てる」のに使う。「相槌」も、そんな「拍子」になっているようにイメージされるのだ。民謡とか音頭の掛け声、「あら、よいよい」みたいなのも、「相槌」っぽい。

会話は、普通は一方が話し、もう一方は相槌を打つ。「そうだよね」「なるほど」「それで？」「ふうん」なども多いが、人によっては、相手の言葉をそのまま繰り返す場面もよく観察される。

「今、これ買ってきたの」「え、買ってきたの」「安かったんだよ」「安かったんだぁ」「千円なのに、五百円だったの」「五百円？」「凄いでしょう」「凄い」みたいな感じである。こういう会話をしていても、実はまったく相手の意見に賛同も同意もしていないというのだから、女性は伊勢神宮のように奥が深く、侮《あなど》れない。

だいたい、相槌は女性の方が上手い。よく聞いていると、技が豊富である。だから、良い聞き役になれるということだろう。僕は、人の話を聞くのが好きだが、心にもない相槌を打てないことが災いして、本音が聞き出せないのかもしれない。

# 62

## 「何とお呼びすれば良いでしょう?」と聞かれることが多い。

作家の中には、「先生」と呼ばれるのを嫌う人がかなりいる。そういうこともあって、読者は「先生と呼んで嫌がられないだろうか」と心配するらしい。あっさり答えておくと、僕は何と呼ばれようがまったく気にならない。それは僕の問題ではなく、呼ぶ方の問題だろう。

日本の文化は、相手の名前を呼ばない、呼ぶことは失礼になる、というものだった。特に、目上とか上司は、けっして名前で呼ばない。名前を発音すると、縁起が悪いとさえ考えられていたらしい。

そこへいくと、外国人は、自分の両親もファーストネームで呼ぶことが多い。初対面の人でも、ミスタ・○○と言うと、「ボブと呼んでくれ」というように、呼ばれ方を指定してくる。

日本語には、貴方、貴殿、お前、お主、貴様などなど、幾つもの You がある。大勢がいるときでも、「奥にいるお方」というように呼んで、名前を使わない。

銀行の窓口では、「○○様」と呼ぶが、病院では、「○○さん」と呼ぶことが多い。これは、病院の場合は「客」ではない、ということかもしれない。学校でも、生徒や学生を「○○様」とは呼ばない。病院も学校も、金を払っているから客だと思うのだが、日本国からの補助が出ている分だけ「様」が「さん」になるのだろうか。不思議である。そういえば、老人ホームでも、老人は「○○さん」と呼ばれていた。「様」では、親しみが感じられないということもあるだろう。

出版社の担当編集者は、「森先生」で呼ぶ人もいれば、「森さん」もあり、「森様」もあって、同じ会社でもさまざまだが、僕に与える影響はゼロである。むしろ、「先生なんて呼ばれたくない。さんで呼んでほしい」と言う方が、上から目線のように感じる。呼び方くらい、呼ぶ方の自由で良いのではないか、と思うからだ。

大人どうしであれば、それで良いが、子供には、基本的な人間関係を教えた方が良いので、せめて、「おじいちゃん」は「おじいさま」に直させた方が良い。言葉の意味が良くわからないうちに、そう教える。そうするには、自分がまず、「お父様」と呼ばないといけない。家庭でたったこれだけ教えることで、社会に出たときに子供にとってどれだけ有利に働くか想像できるだろうか。

読者は「ファン様」だろうか。なんだか、韓流の響きであるが。

# 63

## 「ローンで買った」というのは、「借りた」の間違い。

ローンで買ってもらえば、つまり、金を貸せば儲かるから、「借りた」という言葉を消し去って、「買った」と言う。「借金」ではなく「ローン」と言い換える。そのイメージ戦略に、現代人の多くは乗せられてしまった。ローンを組むのは、金持ちではない。ローンを組ませる方が金持ちだ。だから、さらに格差が広がる。ローンで買った「持ち家」などというものもない。実は、「借家」である。ローンで買った車は、レンタカーなのだ。

そんなことはない、所有しているのだから、これは自分のものだ、と反論するかもしれないが、では、それを人に売れるだろうか。売るまえに、借金を返さないといけないはずだ。家を建てるときにローンを組めば、土地が抵当に入るだろう。すると、自分の土地だったものまで、借りている土地になる。

僕の父は、僕が高校生になった頃、そのときに住んでいた土地は「銀行から金を借りて買ったものだ」と打ち明け、「なるべく数年の間に、この借金を返すつもりだが、万が一のときは、そのつもりでいてほしい」と言った。この家と土地は、自分のものではない、という意味だ。それから数年後には、その借金を返すことができた、と上機嫌に語った。「もう、これで借金はなにもない」と喜んでいた。自分の子孫に遺してはいけない借金がないことが、父にとっては大事だったようだ。

日本政府はもの凄い額の借金を抱えている。借金で、道路や鉄道を作ってきた。たしかに、それがあったから、こんなに早く日本は見かけ上は豊かになった。しかし、借りているものは返さなければならない。綺麗《きれい》で便利で豊かな社会は、まだ完全に日本人のものではなく、借りているものなのだ。誰から借りているのかといえば、それは金持ちからである。だから、金持ちは今よりももっと金持ちになる。

あの手この手で金を借りさせようとする。投資関係でも、確実に儲かると言い、借金してでも買った方が良い、とすすめる。借りさせる行為こそが、確実に儲かるからだ。「資本」というのは、貸すことで大きくなる金のことで、その金を持っている資本家が、不労所得を受ける社会の仕組みなので、必ず「格差」を大きくする。社会に還元すると綺麗事を謳っているが、それは「借家」を「持ち家」と錯覚させているだけだ。「豊かさ」の多くは借り物であり、いずれは返さなければならない。

# 64

## シリーズでは最初は面白くなく書くようにしている。

一言でいえば、これは「出し惜しみ」である。小説家のように、エンタテインメントを創作する職業では、このコントロールが鉄則だと思っている。人間関係でも、最初は印象が悪い方が良い。時間が経つほど良くなっていく方が最終的な評価が高くなる。回を重ねるほど面白くなるのが理想であり、そのためには、あとでもっと面白いものを考えるよりは、最初を少しつまらなくする方が簡単だし、現実的だ。

僕の場合、出版社に最初に送ったのは、「冷たい密室と博士たち」で、その次に「笑わない数学者」「詩的私的ジャック」と続けて編集者に手渡した。編集者は、最初の一作を読んだ段階で、わざわざ会いにきて、「出版したい」と言ったのだが、その場で二作めを渡し、「面白かった」と電話で連絡があったときには、もう次を発送していた。

担当編集者と編集長の二人が読んでくれていた。僕としては、「いつ本になるのかな」と気にはなったけれど、出版社にも事情があるだろうから、あまり尋ねたりしなかった。三作めまで読んだ編集長は、「だんだん面白くなっている」と電話で語った。それで、つい書きかけの四作めについて、「次はもっと面白いですよ」と言ってしまった。すると、「どんな話ですか?」ときかれたので、簡単に、「孤島の研究所の密室で人が殺されます」とだけ説明したところ、「では、それを最初に出しましょう」と言うのである。

しだいに面白くなるように書いていたのだ。それを見抜かれてしまった。やはり、プロは凄いなと思った。そして、商売というのは、最初にがつんと凄いものを見せるのが鉄則だったのである。

そういうわけで、意図しなかったが、四作めだった「すべてがFになる」がデビュー作となり、その後、書いた順に三冊が出た。僕としては、「これじゃあ、最初のを読んだ人ががっかりしないかな」と心配だったが、セールスとしては明らかに正解だった。作者の満足は、ビジネスの要因にはならないのである。

しかし、今でも僕は、「最初はセーブする」癖がある。その方が、自分でも楽しみが残るし、読者にも「ほらほら」と見せるものが残っていて楽しい。仕事であっても、少しくらいは楽しさがないといけないだろう、と思ってそうしている。毎回渾身の傑作を書こうなどとはこれっぽっちも考えていない、やる気のない作家である。

# 65 「やる気が大事だ」と言うが、やる気が何を産み出すのか？

「やる気を見せろ」と言う人がいるが、商売だったら、「価格を下げろ」くらいの意味でしかない。「やる気」なんてものは、はいこれです、と人に見せられるものではないからだ。だいたい、自分の中にあっても、これはやる気かな、と甚だ心許《こころもと》ない。食欲や眠気のような生理現象とはいえない。つまり、「欲」ではないということだろう。単なる、見せかけのもの、プレゼンテーションである。

子供の塾などで、けっこうこの文句が使われていて、「やる気を出させることが第一です」みたいに謳っている。また多くの場合、「褒めればやる気が出る」みたいな説明もある。「煽《おだ》てろ」ということらしい。人から褒められると、「ようし」という気持ちになるのか、それが「やる気」だろうか？　どうも、よくわからない。どちらかというと、褒めてくれたのだからしかたがないか、と腰を上げるだけで、やる気というほどのものではないように感じる。嫌々でも「やる気」は成立するものだろうか。

僕の場合、やる気のほとんどは「体調」だと思っている。したがって、体調を整えることに注意をしている。これはほとんどの場合に当てはまるのではないか。「コンディションの悪さなんて、やる気でカバーできる」と言われるかもしれないけれど、僕はそこまでやる気になったことはない。

それにしても、「やる気が大事だ」と言いすぎなのではないか、と思う。まるで、「やる気」というものが明確に存在しているみたいだ。勉強を好きにならないといけないとか、無理なことを子供に言う。何故、「やることが大事だ」と言えないのだろう。そこが不思議でならない。

たとえば、「やる気」はいったい何をもたらすのだろうか。ただ「やり始める」だけではないか。やる気がなくても、やり始めれば同じだと思う。そんなことはない、やる気がないとだらだらと無駄なことをする、と言うならば、「だらだらとしてはいけない」と教えれば良い。その状況を「やる気がない」と決めつける根拠は何だろうか。集中していればやる気があって、だらだらしていたらやる気がないものだとしたら、わざわざ「やる気」なんて言葉を持ち出さなくても、直接、「集中してやりなさい」と言えば良い。

見えもしない「気持ち」のせいにして、人の心が読めるような大人の発言は、子供を不安にさせる場合があるように思う。

# 66

## 「役に立ちたい」は、「感謝されたい」ではない。

社会の役に立つ人間になれ、というのは、昔からよく言われてきた言葉で、教育というのは、つまりはこのポリシィを子供に教えるものかもしれない、とは思う。そもそも、生まれたときから、誰もが例外なく社会に迷惑をかけているのだから、そのお返しをしなければならない、という道理である。

では、社会の役に立つとは、どんな行為かというと、簡単にいえば、「仕事」ということになる。仕事をすると報酬がもらえる。報酬がもらえるというのは、人様の役に立っているからだ。金をもらわずに働くのも良い。もらっても、もらわなくても、どちらも役に立つという意味では同じである。

しかし、なかなか働かせてもらえない。就職が難しい。失業者も多い。働けないと、生活に窮する。世間の役に立つどころの問題ではなくなる。失業保険などをもらえば、むしろ社会の世話になっているのだから、役に立つのと正反対だ。

仕事を選り好みしていると、就職は難しくなる。自分に合わない。叱られてばかりいる。だから仕事を辞めてしまう。もっと仕事をして、人に感謝されたい。そういう願望を持っている若者がとても多い。ボランティアなどはできるのに、就職ができない人もいて、話を聞いてみると、やはり感謝されることが嬉しい、と話していた。

無料で奉仕すれば確実に感謝される。それは、金をあげるのと同じだからだ。普通の仕事なら金を取られる。この金が感謝の代わりだ。無料ならば、その分の金が必要ないから、感謝される。

役に立つことを交換するのが社会の仕組みである。報酬とか感謝とかは、単にその交換を円滑にする媒体にすぎない。「感謝されたい」と「金がほしい」は、その意味ではそんなに違わない。

仕事をすれば、自然に社会の役に立ち、自分の生活も成り立つ。役に立てば、自分も自由になる。人のためになれば、自分の好きなことができる。まったく違うことなのに、それを結びつけているのは、「価値の交換」なのである。

したがって、綺麗な言葉に拘る必要はない。「人の役に立ちたい」は綺麗な言葉だが、「自分の好きなことがしたい」と交換できる。この交換を保障しているのが社会であり、自由経済なのだ。自分を幸せにすれば、その分、少し社会も幸せになる。大勢が自分の好きなことのために働けば、社会は平和で豊かになる。

# 67 エッセイを書く理由は、自分が小説を読まないからである。

「どうしてエッセイを書くのですか?」という質問をたびたび受ける。おそらく小説の読者だろう。エッセイを書いている暇があったら、小説を書いてほしい、シリーズの続きを早く出してくれ、ということが言いたいのだろう。

最初のうちは、エッセイを書く機会があまりなかったので、ネットで日記を書いていた。それに対して、読者から感想なり意見なりが寄せられて、なるほど、こういった文章も商品になるのでは、と少し感じた。

僕自身は、小説はほとんど読まない。ノンフィクションかエッセイが多い。たぶん、小説の百倍以上読んでいると思う。それなのに、書いてほしいと依頼されるのはほとんど小説である。ときどき、テーマが決まっている短文を求められるけれど、一冊の本にしたい、といった話が来るようになったのは、ごく最近のことだ。

「小説家のエッセイは売れませんからね」と言った編集者もいた。つまり、エッセイは、それ専門のエッセイストが書いたものしか売れない。そういうことらしい。どうしてそうなるのか、というと、読者層が違うからだ。小説のファンは、エッセィを読もうとしない。だから、小説で人気があっても、エッセィは売れない、という結果になる。

読者のタイプが異なるのは、なんとなくわかる気がする。架空の物語なんて読む気になれないという人と、物語じゃなかったら読めないという人がいる。TVでも、ドラマばかり見る人と、ドラマ以外を見る人がいるだろう。僕は、TVドラマは一切見ない。どちらかというと、ドキュメントの方が好みだ。でも、映画は見る。二時間程度で完結するのなら、見る気になる、ということかもしれない。

自分が、そんなふうだから、エッセィを書く方が自然といえば自然なのだ。つまり、小説を書いている方が不自然だ。これはなかなか森博嗣という作家を的確に表現しているような気がする。そう、小説家であることが不自然な作家なのだ。だから小説が不自然なのか、というのはさすがに言い過ぎだと思うが。

小説というのは、嘘を捏造《ねつぞう》する作業だが、エッセィは、現実の中に真実を見つけるような作業である。まったく視点が逆になる。だけど、両方やっているから、補完できるという気もする。どちらかを選べと言われれば自然なエッセィを選ぶけれど、とりあえずビジネスとしては、小説の方がずっと利潤が大きい。

# 68 ウソッポ物語は、子供にはとても嘘っぽい。

子供のときに読まされた絵本などは、だいたい動物が主人公で、まるで人間のように思慮深かったり、人間のように打算的だったりする。たいてい、狡《ずる》い方が最後には酷い目に遭う。そういう人間社会の教訓なのだが、読んでいる僕にしてみると、「狐《きつね》も狸《たぬき》もこんなに賢くはないだろう」という点が気になってしまう。何故、普通のAさんとBさんで描けなかったのか。そこがとても不思議だった。

この文化というのは、NHKの「おかあさんといっしょ」でも同様で、普通の子供とかおじさんとかは出てこない。動物の着ぐるみを見て、中に大人が入っていると子供は知っていると思うが、何故動物なのか、という疑問はやはり抱くだろう。

おもちゃでも、熊が太鼓を叩いていたり、パンダが三輪車に乗っているものがある。あれは、どの国へ輸出しても売れるように、「人種」を避けた結果だと聞いたが、しかし、子供にしてみると、動物園で見る熊やパンダとのギャップが大きい。サーカスならばそういう場面もあるけれど、鞭《むち》で脅かされながら嫌々やっているように見える。熊が楽しそうにしているふうには見えない。

そもそも、熊はぬいぐるみだともの凄く可愛いのだが、実物の熊は怖い。どうしてそんなに違うのか。犬や猫はぬいぐるみが可愛くないのは、何故なのか。

アニメでも、動物が登場するものがあって、たいてい人間と同じくらいの知能を持っていたりして、現実離れしている。そのキャラクタだけが特別なのだが、しかし、蜜蜂《みつばち》が孤児だといわれても、女王蜂がいないなら周りの仲間もみんな孤児ではないか、と思えてしまう。蜂の子が一匹いなくても、女王蜂は気にしないはずだ。

大人は、簡単に「擬人化」を受け入れる。そして、子供には子供向けに作ったものを与える。しかし、その子供向けは、単なる大人の願望であって、これが子供らしいという勝手な決めつけにすぎない。

やはり、人間を使うとリアルになりすぎて、子供が見るものとしてはいかがか、ということになるのだろう。それはつまり、人間が醜すぎるというわけである。日本の昔話やお伽噺《とぎばなし》なども、相当に残虐非道《ざんぎゃくひどう》なものが多いのだけれど、人間ではないから多少ショックが和らぐ、ということだろうか。よく動物愛護協会が黙っているな、と思ったりする。今でも、絵本はなんとなく上品なもの、子供に安心して見せられるもの、と決まっていて、そこはかとなく不自由を感じてしまう。

# 69 受け手は作り手よりも保守的だ。だから受け手になる。

昨年から、僕の小説がTVドラマやアニメになったりしていて、「どうして今さら森博嗣?」と不思議がられている。読者の一部は、「映像化なんか絶対に無理」と怒っている。無理ではないから、実現したのであるけれど、それぞれの読者が持っているイメージどおりになるのは無理、ということだろう。それはそのとおりである。原発に反対する人も、その人のイメージどおりでは無理という意味で、同じである。ちょっと見てみよう、説明を聞いてみよう、と思わないのは保守的ということになる(原発反対は、保守とはいえないという意見はあるだろうが)。

さて、一般に、ものを制作する立場の人は、それを受け取る側の人に比べると、革新的でなければならない。新しいものを作る、今までにないものを目指す、といった気持ちが、ものを作ることの原点だからだ。作るというのは、無いものを有るものにする行為だからである。過去に作ったものと同じものを作ろうとはしない。いつも、なにがしかの新しさを求めている。

しかし、受け手は、一度なにかを受け入れて、それが自分にとって相性が良いと感じれば、同じものをまた求めようとする。「ああ、面白かった。じゃあ、今度は全然違うものを読んでみよう」とは思わない。必ず、面白ければ同じようなものを探す傾向にある。ここが「保守」なのである。

数の上では、受け手の方が圧倒的多数だ。だからこそ、創作という仕事や商品が成り立つ。一部の革新に多数の保守が集まる、という図式になっている。

でも、受け手も、同じようなものを欲するわりに、やっぱり新しさに触れたときの驚きを覚えていて、少しは新しいものを探している。驚きがあったのは、やはり、革新的なものが自分では思いもしないものだったからだ。驚きたい、でも、同じような驚きが欲しい、と矛盾した願望を持っている。さらに新しさを求めると、人から与えられるだけでは飽き足らなくなり、作り手に転身する人も現れる。

まだ小説はマイナだから、その受け手はそれほど保守的ではない。これがTVになると、もっと保守成分の多い大勢が受け手になる。したがって、ドラマの制作をする人たちは、あまり革新にならないように、会議に会議を重ね、大勢の意見や過去のデータを照らし合わせて、ものを作ることになる。考えなしで作ることはできない。それに比べれば、小説家は気楽だ。個人の直感だけでものを作っていられる。

# 70 玉転がしと庭園鉄道、どちらも自分が一番楽しい。

子供の頃から、一人で遊ぶのが好きだった。特に、傾斜地で玉を転がすコースを作るのが好きだった。何日もかけて溝を作り、ときどきボールを転がす。ただそれだけなのだが、思いどおりに最後まで転がると楽しかった。これが、コンピュータのプログラミングと同じ感覚だという話を、どこかで書いたことがある。

ここ十五年ほど夢中になっている庭園鉄道も、ほとんど同じといえる。自分一人で線路を敷く工事をする。機関車も全部自分で作る。そこを具合良く走ったら気持ちが良い、というだけだ。

この楽しさというのは、玉が転がるところを見せても、実際に庭園鉄道に乗ってもらっても、人に伝わるのは極々一部でしかない。何故なら、自分で作ったから楽しいのであって、見たり、乗ったりしただけでは、想像もできないいろいろな思いが僕の中にだけあるからだ。

人に見せるために作ったのではない。人に褒めてもらうためでもない。でも、世の中には、人のために作ることも、褒めてもらおうとしている人も数多い。そういうものが仕事になっている場合だってある。

この頃はあまりないが、僕が若いときには、僕の趣味を見た人の多くが、「商売にしたらどうですか？」と言ったものである。これは当時の褒め言葉の一つで、自己満足のレベルではない、大勢から金が取れる、という意味だろう。

しかし、僕が感じている楽しさは、どうしたって、人には伝わらない。伝えられるのは、ほんの一部で、たぶん、もの凄く説明をして理解をしてもらっても、せいぜい百分の一くらいだろう。そうなると、褒めてもらっても、百分の一を褒めてもらっただけで、自分が自分を褒めることに比べたら、無視できるほど小さい喜びになる。自己満足の大きさというのは、そんなものではない。桁が違う。

小さいときに一人遊びをしていない人の多くは、人に褒められる嬉しさに目を向けすぎていて、自分に褒められる嬉しさを見逃している。「単なる自己満足」という言葉で退けている人もいる。じっくりと一人になる時間がないと、二桁も違う大きさまで育てられないのだろう。だから、大人になっても、趣味の分野でも人に勝ちたい。大勢に認められてこそ満足できる。賞を取りたい。コンテストで入賞したい。「いいね」を集めたい。それが楽しさだと思い込んでいるように見受けられる。

# 71

## 人生という列車に乗っている。

年齢を重ねるほど、思い出は多くなる。金は貯まらない人でも、思い出は自然に溜まる。だから、思い出してばかりになって、昔話が多くなる。話せるような面白い経験は限られているから、自ずと同じ話が多くなって、敬遠されるようになる。思い出だけが誇れる持ち物なのに、しだいにそれを思い出せなくなる。老人が認知症を怖れるのもわかる気がする。

若い人は、逆に未来に対して夢を持っている。これは年齢とともにしだいに減っていく。可能性がどんどん小さくなってくるからだ。したがって、老人が思い出せなくなるように、若者も、一番の財産を減らしていく障害を持っていることになる。

自分が大切にしているものが消えていくのは悲しい現象だ。しかし、生まれたときから寿命は減っていく。それが生きていることでもある。いずれの場合も、少し考える、少し努力をすることで、一時的に盛り返すことは可能だ。老人になっても、新しい思い出を作ることができるし、若者も学んだり励んだりすれば可能性を高めることもできる。これらは、時間に対する抵抗のようなもので、言うなれば、「生き甲斐」かもしれない。

人生の始発は誕生で、終着駅は死である。したがって、誰もが行き先が決まった列車に乗っている。せいぜい窓から見える風景を楽しみたいものだが、こんなふうに考えるのは、もう終着駅が近いからでもある。列車に乗ったばかりの若者は、車窓の風景などに興味はない。列車の行き先など気にならない。美味しいものを食べて、おしゃべりをして、ゲームをして、本を読んで、と自分の時間を楽しんでいる。風景なんて、いつでも見られるじゃないか、というわけだ。自分の夢は、この列車の中にはないかもしれない。どこかで乗り換えられるだろうか、などと考えている。

いつでも乗り換えることはできる。しかし、行き先は同じなのだ。途中で見られる景色が多少違うだけである。

まえにも書いたが、若者は自分に近づいてくるものを見ている。年寄りは自分から離れていくものを眺めている。

みんながそれぞれ自分の列車に乗っていると思っているが、実は、誰もが同じ速度の時間という列車に乗っているのだ。列車は本当は停まらない。途中で降りれば、そこがその人の終着駅。それを認識するのは、まだ列車に乗っている人たちである。

# 72

## 絵本作家よりもミステリィ作家の方がなりやすい。

これは僕の私見である。絵本作家というのは、どうやってなったら良いのかもわからない。ときどき、個展のようなものが開かれたりする。東京を歩いていると、「え、ここ?」みたいな場所に小さなギャラリィがあって、そこでやっていたりする。名前は聞いたこともない。見物人もいないが、一人だけ民族衣装みたいな格好をした人がいる。無料だから入ってみると、最初にプロフィールがあって、そこにある写真が民族衣装の人だったりする。なるほど、「個展」というのは、一人でやるものか、なんて妙に納得したりするのである。

絵本はそもそもあまり売れないので、プロとアマの境界もなく、むしろ財力があればプロみたいな感じに見受けられる。社会問題を露骨に扱ったものは、その手の運動をしている人の間で普及する。そうでなく、もっと道徳的だったり、親子愛を語っていたりするものが普通だが、しかし多すぎる。皇族の○○様が子供に読み聞かせた、とか話題にならないかぎり爆発的に売れることはない。

もともとロングセラを狙っているのだが、なんらかのきっかけがないかぎり、目に留める機会もないし、そもそも高いし、気軽に買い集められるものでもない。「はがき絵」も最近やっている人が多い。老人が増えたし、暇な老人が多いから当然だろうけれど、絵本の多くはあの延長線上にある、と思っている方もまた多いようだ。僕は違うと思っている。僕的には、絵本の敷居はかなり高いのだ。それに比べると、ミステリィ小説は簡単である。摑みどころがあるからだ。摑みどころがあれば、そこを登ることができる。絵本には、それがない。わかってもらえるだろうか？

想像だが、やはり先生について、修業をしなければならないのかもしれない。画家がそれに近い。生け花とかもそうだ。流派があって、そういったグループに入らないと、その世界で存在を認めてもらえない。そういうカルチャなのかな、と思う。

僕は、絵本を四冊くらい出している。そのうち二冊は、自分で絵も描いた。しかし、買ったのはミステリィ作家森博嗣のファンがほとんどだし、出版社もそういう売り方をしたし、書店でも絵本の棚には置かれていなかった。だから、あれは絵本ではなかったようだ。そんなに簡単に絵本として認めてもらえない。もっとも、ミステリィ作家としても認めてもらっていないので、さほど変わりはないのである。

# 73 「努力」は必要ないが、着実に進めることは大事。

僕は、これまでにあまり「努力」をしたことがない。文章でも、たとえば、小説の執筆でもスランプなどないとか、なにも考えずさらさら書いているなどと語っている。そうすると、「努力をしないでも成功できたのは才能があったからだ」という意味に取られる。「俺は恵まれているのだ」と言っているように取られる。ところが、「僕は、恵まれてはいない。自分で自分に恵んだだけだ」とも書いていて、才能があるなんて語ったことは一度もない。「では、成功に必要なのは、努力なのか才能なのかどちらだ？」と言い出す人もいるだろう。

いろいろ誤解がある。僕は、自分が成功者だとは認識していない。まず、ここが違う。それから、成功には努力か才能のいずれかが必要だ、とも思っていない。

以前に、研究者に最も必要な素質は何か、という問いに、「何時間もコンピュータの前に座っていられること」と答えた。つまり、これがすべてだ。

作家になるためには、パソコンの前に何時間も座っている必要があるだろう。それを世間の人は「努力」というのだろうか？　僕はそうは思っていない。そんなに力を出しているのでもないし、苦しいわけでもない。ただ、ほかのことをせずに、じっとそれをし続ける、というだけである。これができることが「才能」というならば、才能かもしれない。そこの定義が、人それぞれなのだろう、とは思う。

毎日一万文字を書けば、十日で小説は書き上がる。もし、毎日一万文字が無理なら、毎日千文字書けば、百日で書き上がる。いずれも、仕事としては同じ価値だ。ただ、一日もサボらずに、毎日こつこつと続ける、というだけである。努力でもなんでもない。やる気も気力もいらない。嫌々でも良い。だらだらでも良い。違いは、やるかやらないか、だけなのだ。

サボらずに続けることが大事なのは、時間的な制約もあるし、また、人間の性能としても、長く休まない方が力が出しやすいからである。これは、「調子」というもので表現される。人間の肉体的、頭脳的なメカニズムの一つだと思われる。

若い研究者だった頃には一日に十六時間も勤務し、土日も休日も盆も正月も休まなかったけれど、けして「努力」をしていたわけではない。むしろ、体調を崩さないように毎日帰って睡眠をとることに努めていた。努力して休んでいたといえる。自分に「やる気があるな」と感じたこともない。才能なんて、意識したこともない。

# 74 四年振りに講演会をするために三年振りに東京へ行った。

今年の五月に東京で講演会が開催された。主催したのはファン倶楽部。聴講者はその会員で、抽選に当たった三百人。実は、四年まえも、同じくファン倶楽部の主催だった。それ以外には、講演の依頼があってもすべてお断りしている。

いつも、パワーポイントを見てもらいながら話すので、写真や動画や文章などを、あらかじめ用意していく。この場合、その場ではなにも考えなくて良い。しかし、今回は初めての試みとして、パワーポイントなしでやってみることにした。つまり、ただ話すだけだ。まるで「講演」である。

普段も人と会わないし、声を出して話をすることが滅多にないので、一時間半も話し続けられるか心配だったが、特に用意もせず、もちろん台本もカンペもなく、話すことができた。もっと話せたけれど、時間になり、そのあと四十五分くらい質問を受け、三十人以上の質問に答えることができた。

そういえば、こういう仕事をしていたのだ。大学では、毎週幾つかの講義を受け持っていた。話しながら、ときどき黒板に文字を書く。そんな感じで、やはり一時間半くらいだった。最大の違いは、聴いている人が寝ていないこと。あと、幸い、椅子に腰掛けて話ができたので、大学の講義よりも楽だった。

東京の街は相変わらず人が多い。子供が多い。声が沢山重なって騒がしい。空気が悪い。そんな喧噪《けんそう》と臭気から逃れるように高いところへビルが伸びている。僕は、あいう都市を眺めると、今ここで地震が起きたらどうなるか、と思い描いてしまう。タクシーに乗って地下トンネルを走っているときもそれを考えた。

地面に蟻《あり》が巣を作る。すると、その蟻の動きを音で察知して、モグラが地下から襲ってくる。都市災害は、そんなふうに、思いもしなかったところから突然襲ってくるものだ。

前回の講演会は、ちょうど東日本大震災の直後だった。講演会の会場は修復工事をしていて、閑散としたものだったが、今回はファミリィが周囲に押し寄せていた。四年もすれば、また元どおりになるのか、とも思ったが、まだ日本では原発が停まったままだし、避難生活を続けている人も多い。

本書は、クリームシリーズの四冊めになる。最初の『つぶやきのクリーム』が、震災のあとに出た。原発について正直に書いて批判が多かったなぁ、と思い出す。

# 75 最近またラジコン飛行機で遊んでいる。

しばらく、庭園鉄道の建設に集中していて、なおざりになっていたラジコン飛行機熱がまた少し復活している。引越をして、家のすぐ近くで飛ばせる場所ができたからだ。ただ、ちゃんとした滑走路はないので、グライダとかヘリコプタが主となる。飛行機の場合は、手で投げて離陸できる小型機に限られる。まあ、そのうち滑走路も整備するつもりであるが。

そういえば、今年のお正月には、タミヤのラジコンバギーを作った。懐かしかった、というのが理由で、かなり後ろ向きといえる。でも、塗装をしたり、シールを貼ったりして、初心を思い出した。最初のラジコンカーは、タミヤのポルシェだった。大学生のときだったが、家庭教師のバイトで買える身分になった。あのときの嬉しさは今でもときどき思い出す。

今のラジコンは、信じられないくらい高性能で、とんでもなく安くなった。僕にとっては大変にありがたいことだが、子供たちにはありがたみはわからないわけで、ゲームの方が面白いのだろう。ラジコンで遊んでいるのは、みんな大人、それもほとんど老人である。

ラジコンを始めた頃には、ヘリコプタが実現するなんて想像もしなかった。制御が難しいだろう、と思ったからだ。それがあっさり製品化されて、でも、モータで飛ぶなんて無理だろう、と思っていたら、それもあっさり実現した。技術の進歩は凄い。

結婚をしても、僕はラジコンで遊んでいて、子供ができても、遊んでいて、奥様の忍耐は本当に凄いと今になってわかった。仕事が忙しかったのに、寝る間も惜しんで飛行機を作っていたのだ。まったく余裕というものがなくて、仕事でも遊びでもいらいらしていたと思う。

この頃の僕は、のんびりと遊んでいる。周囲が見えるようになった。ゆっくりと飛ぶものが好きになった。今でもまだ挑戦するものがあることも嬉しい。問題を見つけて解決するのも面白い。

このまえは、オスプレィのラジコンを飛ばした。実機は見たことがないが、悪評は聞いている。でも、技術としては面白いし、挑戦した技術者も素晴らしいと思う。兵器なのに素晴らしいのか、と怒られそうだが、技術とは、目の前にある問題を解決することだ。技術者の目は、子供のように純粋にそれだけを追うのである。

# 76 知りたいところだけを見ていたのでは、変化は読めない。

模型飛行機を飛ばしたり、庭園鉄道の工事を進めることもあって、僕は天気をとても気にしている。二時間に一度は、雲の測定結果を見ている。TVやラジオの天気予報というのは、非常に退屈な時間だ。それよりも、現在の天気図を見せて、それが今後どうなるのか、という予想図を見せてくれれば、あとは各自が雲のデータなどから予測ができるようになるはずだ、と思っている。天気図の前に立って、それぞれの地方について予報を読み上げるTVの天気予報のコーナは必要ない。

奥様は、ときどき僕に天気のことをききにくる。犬の散歩とか、洗濯物を出し入れするタイミングとかがある。僕は「あと二十分くらいしたら降る」と答える。このような間際の予報はほとんど当る。明日の天気は明日にならないとわからないが。

天気予報の話がしたかったのではない。物事がどう変化するのかを予測したいときには、とにかく観察をすることが第一なのだが、その観察は、知りたい場所だけでは充分ではない。ここを多くの人が認識していないみたいだ。

何故変化するのか、ということを考えればわかるだろう。変化は、なんらかの影響を受けて起こる。そして、その影響は別のところから来る。大まかにいえば、外からもたらされる。となると、その「外」を見ていなければ、変化の予測はできないことになる。自分の住んでいる街の天気を知りたい場合には、もっと広い範囲の状況を把握する必要がある。天気図というのは、街のサイズではない。日本列島とか、もっと広いエリアで描かれるものだ。

ある人間が今後どうなるのかを予測するには、その人間の周辺をよく観察して、どれくらいの影響を受けるのかをまず確かめる。次に、周辺に何が起こっているのかを知る。そういう手順になるだろう。

つまり、場所だけの広がりではなく、人間関係とか、物事の因果関係とかを、視点を引いて広く全体として眺めることが必要だ、ということ。

どこかのローカルな変化を見つけたら、それが次にはどこに影響するのか、と考えることもできるようになる。観察情報は一つでは確実ではないけれど、幾つも重なると予測が当たる可能性が高くなる。関係ないと見えても、実は予測に必要なポイントだったりする。常に全体を俯瞰《ふかん》して、天気図的に捉える視点が必要であり、その状況下における個別の履歴データを蓄積することが、のちにものを言うだろう。

# 77 ネットオークションから学んだことが沢山ある。

十五年ほどになるだろうか。作家になって小銭を手にした僕の前に、タイミング良く現れたものである。初めは日本のオークションが中心だったが、次第に海外のオークションに手を出すようになった。何億円買っただろう、というくらい買っている。数は大したことはない。日本も海外も千品に届いていない。ただ、だいたい一つが高い。数十万円のものが多いのだ。

しかし、それも収束しつつある。つまり、これまで欲しくても手に入らなかった品を手に入れることができ、今は、もう欲しいものがない状態に近づいている。

今でも毎日、日本、アメリカ、イギリス、ドイツなどのネットオークションを一時間ほどかけて検索し、新しい出物をチェックしている。残念ながら、出物は大変に少ない。これは、僕の目が肥えたとか、欲しいものをすべて手に入れてしまった、というよりも、ネットオークションが始まった初期の段階では個人の家に蓄積していた宝物が、一気にネット上に出て、価値がわかる人の手に行き渡った、ということだと思う。次は、それを手にした人が亡くなって、次の世代が順次品物を回すことになるだろうけれど、それは散発的であって、初期ほどの集中度があるわけではなく、量としてはずっと少なくなる道理である。

ネットオークションでは、非常にマイナなものの価値が見出される。それまでは、近所とかせいぜい新聞・雑誌の投稿でしか広まらなかった情報が、世界中で吟味される。一点しかないものを大勢が欲しがって値がつり上がる。ガラクタのように見えても、欲しい人がいる。買手が見つかれば、商品になる。それも短時間で売れる。これは、マイナなものに正当な価値がつくという環境だ。知られていないから価値が下がる、というそれまでの常識が覆された。代わりに、レアものと宣伝しながら大量生産された製品は、いつでも入手できることが知れてしまい、価値を落とした。

オークションを観察していると、世の中の人がどんな価値観を持っているかが如実《にょじつ》にわかる。世間が何を欲しがっているかがわかる。流行になるまえに、それがわかるのは、流行を伝えるマスコミが、マイナを見逃しているために「遅い」ということでもある。

自分が買わないものでも、いくらの値がつくかを見届けることにしている。オークションというのは、非常に自然な市場であり、社会の動向をよく映し出す。

# 78 あなたの実体は何か？

戦争が終わって七十年だという。今でもその当時のことで隣国と揉めているようだけれど、ほとんどの人は「自分がやったわけではないし」と思っていて、「今さらねぇ」と首を傾げているだろう。たとえば、「今話をすると喧嘩になるから、あと五十年したら話し合いましょう」と棚上げにする手はある。時が経つほど、感情的なものは薄らぐ、と僕は考えていたけれど、でも、七十年もしてどんどん感情的になっているように見えるのは、やはり煽っている人たちがいるということになる。

さて、この問題は、「国」というものの実体はどこにあるのか、という点にある。それは国土ではない。国土は戦争なんかしない。戦争をしたのは、国民だ。でも、そのときの国民とは世代が変わっているから、「昔の日本」はもう存在しない。その尻拭いをどうして「今の日本」の私たちがしなければならないの？　ということになるのだろうか。

ところで、人間の細胞もどんどん入れ替わっている。新しい細胞に引き継がれていく。「自然」というものの中で、生物はこれが顕著で、しかも代謝が速い。ようするに、それが「生きている」ということだし、そうしなければ生きられないのだ。

自分の実体は、この肉体にある、あるいはこの頭脳にある、という認識を持つのが一般的だが、その肉体も頭脳も、常に入れ替わる細胞によって受け継がれている。けっして安定したものではない。同じものであり続けることはできないから、時とともに、感情面でも思考面でも変化がある。責任を感じて心血を注いだものも、だんだんどうでも良くなる。あんなに熱中したのは自分だったのか、と感じるようにもなるだろう。人は皆、こんな変化の中にあって、自分を固定された存在として認識しているのだ。この場合、「十年まえとは細胞がもう違う、そんな昔のことには責任を持てない」と主張できるだろうか。もしできないとしたら、どうやって、その責任とか自分を十年間結びつけているのか。あなたとは、どこにいるのか?

過去は記憶の中にあるが、記憶があなたを代表するものなのか。しかし、忘れていても、失敗した責任は取らされる。では、記憶ではなく記録なのか?

生きるということは、生きてきた履歴を引き継ぐことでもある。それは、遺伝子とか進化の過程に証拠がある。個人では、今は罪は引き継がれないが、国ではどうなのだろう。ここをどう考えるのかが、つまりは「国」の実体なのである。

# 79

## 知りたいことを知ろうとするのは、知りたくないことがあるから。

ネット社会になって、どんな情報も簡単に大量に手に入る社会になった。なにか自分を満足させてくれる、つまり願望を叶えてくれる方向の情報を、人は自然に求める。たとえば、自分が支持するものがあれば、それが反映する方向にある情報は頼もしい。嫌いなものがあれば、それが衰退すると論じる情報を読むとスカッとする。けれども、いずれの情報も、誰かが作ったものだ。情報は、つまりは誰かの観察に過ぎない。その証拠に、注意をすれば、いずれの立場の情報も存在する。

ネットショッピングのプラットフォームでは、ブラウジングの履歴をデータとして採取しているから、そのユーザが興味を示すものを前面に出す。かつて買ったことがあるもの、何度も見ている分野、そういったもので、その人の「お気に入り」を探って、それらをショーウィンドウに並べてくる。これまでのショップよりも、ずっとインテリジェントになっているのだ。

お気に入りに囲まれて暮らすのは便利かもしれない。しかし、情報もお気に入りばかりが集まるようになると、少々面倒なことになりかねない。知りたくないものは知らないで過ぎてしまう環境になるからだ。

たとえば、書籍であれば、いつも自分が知りたい本ばかりが表示されるから、そこから購入する可能性が高くなる。売る側にしてみれば、これは都合が良い。この方が売れるからだ。しかし、買う側は、自分の知識の方向性というか可能性を狭められていることに等しい。

そもそも、「知りたいことを知る」というのは、こちらから問いかけて「そうです」と答えてもらうようなものであって、誘導尋問的な意味しかない。自説の補強としてはありがたいけれど、知識の幅は広がらない。第一印象で突き進むのではなく、広くさまざまな情報を得て、そのうえで自分の意見なり方向性なりを導くことが本来の知識の役目なのだ。偏った知識というのは、むしろ弊害ともなりうる。

書店をぶらぶらと歩いていて、ふと目に留まったものを手に取る、という偶然性が、ときに新しい壁を越えられるきっかけを生む。そういうことが現実には頻繁に起こっている。あまりに人工的な環境に浸っていると、これを失う危険性がある。大事なことは、「これは見せられている仮想の環境だ」という自覚だ。ときどき、散歩でもして、道端の草を眺めた方が良い。自然は「お気に入り」を集めたりしない。

# 80

## 拘りが際立つのは、それ以外が自由奔放だから。

「拘り」という言葉は、もともとは悪い状態を示すものだったが、最近では、拘りを持つことが素晴らしいことのように報道されすぎて、大勢が拘りを無理に作って自慢し合うという社会になった。まるで、自分で自分に傷をつけて、それを見せびらかしているようなイメージでさえある。

拘りとは、拘泥《こうでい》とも言うが、泥にとらわれると書く。些細なもの、つまらないものに囚われて、本質を見逃すことだ。そういった邪念を捨てることが、本来あるべき正しい道とされる。

天才職人は、自由な発想で新しい価値を創作する。一般に、天才と呼ばれる人は自由だ。しかし、そんな天才でも、なにか一つくらいは、なんとなく、意味もなく、ほんの縁起担ぎで採用しているものがあったりする。それが、その人の拘りになる。そういう部分に、素人は目を向けて、そこに天才の神髄を見たつもりになってしまい、「拘り」として語ったりする。この場合、実はその素人が、そこに拘ってしまった、

という だけの結果といえる。

マスコミが作った情報は、そういった拘りが随所にある。勝手に、マスコミがここだと決めて拘っているのであって、取材されている人たちは、「そういうわけでもないですけどね」と苦笑して応じている。でも、マスコミは、その「拘り」が欲しいと拘る。結果として、小さなところに焦点を当てて、本質を見失うのである。

優れた頭脳ほど拘らない。優れた才能ほど拘らない。非常に自由であり、その自由さが発想を生み、新しさを創る。けれども、そういった自由さは言葉にならない。TV的には絵にならない。どこへカメラを向ければ良いのかわからない。そこで、例外ともいえる「拘り」を見つけて、そこに焦点を合わせるしかない。むしろ、そのつまらないもの、ささいなものが「拘り」に見えるほど、自由な背景があって、そのバックグラウンドこそが素晴らしい世界なのである。

僕は、「なにものにも拘らない」とよく書いているが、それに拘っている。いろいろ拘ってしまう人間だから、そう言っているのである。僕に比べれば、僕の奥様の方がずいぶん自由で、拘りがない。突然ドラムを買って練習を始めたり、突然スポーツジムへ通ったりする。犬は好きじゃないと言いながら、一緒に寝ている。毎日花いじりをしているが、特に興味はないとおっしゃっている。天才かもしれない。

# 81 「プロフィール」っていうのは、自分では見えない角度。

前書の『つぼねのカトリーヌ』で、土屋賢二《つちやけんじ》氏にあやかって、面白おかしく自分のプロフィールを書いた。あれが、なかなか好評だった。「お金欲しさに小説を書いて送った」といったあたりが赤裸裸だったのか正直すぎたのか、でも、いつも僕のエッセイを読んでいる人なら、特にどうとも感じない普通の書き方だったと思う。

ところが、講談社の文庫のシステムでは、このカバー折返しに入るプロフィールが、デジタルデータとして共通化されているようで、この本が出たあとに重版になった過去の文庫のプロフィールが、この「お金欲しさ」に入れ替わってしまったのだ。これに気づいたのは半年ほど経ってからのことだった。重版の見本はいただいているけれど、僕はとにかく自分の本は見本が届いても封も開けない人間なので、気づきようがない。この半年間、文庫で新刊がなかったため、気づくのが遅れた。新刊を出すときには、いちおうカバーも奥付も含めてすべてをチェックするからだ。

判明したのは、読者からの指摘があったからだった。担当編集者のS氏に連絡をしたところ、編集部も大騒動になった。それでさっそく手が打たれ、その後はごく普通のプロフィールに戻った（新しく僕が書いたプロフィールである）。既に売れてしまったものや書店に置かれているものは、そのままだが、出版社に戻る機会のあるものはカバーを掛け替えることになった。大変な作業である。また、この修正を潤滑にすすめるために、新たに数万部重版され、刷数の多い本がさきに出荷されるという珍事にもなった。「お金欲しさ」プロフィールのミスがある本は、のちのち希少価値となるかもしれない。

プロフィールというのは、そもそも「横顔」の意味で、側面から見た輪郭を示す。横顔というものは、鏡を使っても自分では見ることができない（鏡が二枚あれば可能だが）。ようするに、自分で書くものではない、ということかもしれない。

動物もそうだし、自動車などもそうだが、サイドから見たシルエットが、最もフォルムを的確に表している場合が多い。実際に、相手に対峙するときは正面から見るわけだが、奥行きがわからないし、姿勢もよくわからない。岡目《おかめ》八目《はちもく》のように、傍から見ている人には容易に捉えられるものが、正面では見えにくくなる。自分の観察は、いつも正面からだし、しかも鏡の反射で見ているだけで、本当の姿とはいえない。そんな教訓なのかな、全然違うのかな、と考えさせられた一件だった。

# 82

## 好かれようとすることが、怪しさを増す。

森家の子育ての話として、子供にはTVを見せなかったとか、子供を留守番させて僕と奥様はディズニーランドへ行ったとか、そんなことを書いているので、ときどき「子供がどう思っているか知りたい」というような抗議をいただく。虐待だと思われたのかもしれない。笑うしかない。もちろん、返事は一切していない。

こういったことで「虐待では？」と発想するような人というのは、よほど自分に後ろめたいところがあって、子供たちに嫌われることを極度に怖れているのかな、と僕には見える。親の一番の努めは、子供の生命を守ることだ。それさえ実践できていれば、子供というものは、本能的に親を慕うだろう。命を守られていることは、生き物にとってこの上ない安心になるからだ。

それで、うちの子供たちは、立派に大人になった。こちらから連絡を取ることはないが、たびたび遊びにくる。いずれも三十を過ぎていて、もちろん完全に独立している。仕事はどうだなどときいたこともないし、結婚がどうとかもこちらからはきかない。そんなパワハラもセクハラもしていない。相談を受ければ応えるが、金が欲しいと言ってきたことは一度もないし、特に困った問題にもぶつかっていないようだ（たぶん、少々の問題では言ってこないだろう）。自由を満喫した生活をしているように見える。

大事なことは、彼らの人生は僕の人生ではない、というその一点だけである。植物のように根がつながっているわけではない。子供のうちは、自分の命よりも子供の命が大切だ、と感じるが、それを引きずらないこと。大人になったら、巣立つのである。子供が中学生くらいになったら、もうその覚悟を持った方が良い。

犬は、大人にならない。巣立っていかない。ずっと子供だ。何匹か育てたが、どんなに厳しく躾けても、飼い主を信頼している。それは、食べものを与えるし、世話をしているからだ。褒めたり、煽てたりしているからではない。飼い主以外の人間が近づいてくると犬は緊張する。そして、「可愛いね、よしよし」と笑顔で手を出す人をますます警戒して吠えたりする。吠えるのは、恐いからだ。

現代の大人たちは、自分の子供に対しても、他人の子供に対しても、またペットにさえ、とにかく自分が好かれたいという気持ち（エゴ）を持っている。ちょっと知性のある子供やペットたちにとっては、それは「怪しい人」なのである。

# 83

## 身近な人たちにも、僕のようにあれ、と言うことはない。

森博嗣は、書いていることが極端だから、周りの人は合わせるのが大変だろう、と言われる。少しは大変かもしれませんが、と書いておこう。僕が書くことは、基本的に「こうしなさい」ではない。「こうしている人もいますよ」なのである。

奥様のことを頻繁に書いている。奥様は、非常に常識人で、僕と悉《ことごと》く意見が合わない。もう三十年以上一緒に暮らしているのだが、彼女は自分の好きなようにしているし、僕はそれに対して文句など言わない。方針が違っても、それぞれの方針を貫けば良い。多少の意見交換をする、という程度で、どちらかに決めるために争うようなことではないのだ。

たとえば、僕はPTAとか町内会が嫌いで、一切関らない。そういうものを強制されたら、会を解散させる議論をするだろう。しかし、僕の奥様は、そういうものに積極的に出ていく。彼女は、僕がそれが嫌いだと知っているから自分が行くしかない、と責任を感じているのかもしれないが、それは聞いたことがない。しかし、観察した限りでは、わりと楽しんでいるようだ。人間関係で愚痴はよくこぼすけれど、人間関係を断ち切ろうとは考えない。そういう人だ。

子供の育て方でも、犬に対する方針でも、まったく正反対だったりする。子供や犬は、矛盾する二種類の方針が家庭内にある、ということを学ぶ。それは、けっして悪いことではない。人間はそれぞれ独立している。社会とはそういうものだ、と小さいうちから知ることができるだろう。そして、相手に合わせ、その場その場で考えて対処するようになる。

子供たちを守ったように、夫婦であれば、その生活をお互いに支えなければならない。稼いだ金は僕のものではない。それぞれの生活を守るためにある。それが第一であって、好きなこと、考えることを一致させる必要はない。

僕は、僕がしたいように生きている。彼女に、それを押し付けることはない。むしろ、自分がしているように、彼女は彼女がしたいように生きられるように助けることが、僕の責任なのだ。

それでも、同じ場所にいれば、矛盾が生じることがある。そこでは、どちらもが妥協をする。譲り合うことが必要だろう。けっして、自分の方針を優先してはいけない。家族というものも、そして社会も国も、存続するには、そうするしかない。

# 84

## 「平均」という評価をし始める年代。

「平均すると」という言葉は、会話でもたびたび聞かれる。変動するものを、大まかに伝えるときに、上下する数の真ん中を、これくらいかな、と伝えるのである。学校の算数で習ったように、すべてを合計して、回数で割って求めた厳密な値でない場合がほとんどである。

たとえば、あるとき宝くじに当たって一億円の収入があったとしよう。こういう場合、「くじで一億円儲けた」と話すわけで、「それは、月収でいうといくら？」と尋ねる人はいない。しかし、月収にしたら、八百万円になるし、十年に一度しか当たらないなら、八十万円だ。「なんだ、大したことないな」となるかもしれない。

平均とは、つまり合計なのである。スポーツの成績は、ある大会とか、ある試合の結果として報じられるけれど、野球の打率は平均だし、打点は合計だ。つまり、累積したもので評価される場合も多い。

ベストセラ作家になるには、ベストセラを出す必要がある。そういう一作があると、それで注目を集める効果はあるが、結局、売れているか売れていないかは、平均なり合計で測られる。累計部数がよく報じられるのは、そのためだ。

では、平均が合計と何が違うのかといえば、それは時間で除して、単位時間当りに均した数字にすることで、人それぞれに活動時間が違っても比較できる。平均とは、そのために持ち出される値ということになる。

何故、時間の違う人を比べるのか。それには、二つ理由があるようだ。一つは、注目の新人が、このまま行ったらどれくらいの高みに登るだろう、という予測をするとき。もう一つは、長く活動してきた大御所の凄さを、新人たちに見せる場合だ。

学校に通って勉強している子供たちは、あまりこの種の比較を受けない。子供の勉強の成績は、「今」が大事であり、過去に遡って平均をすることはない。大学を受験するときまでに上がっていれば良い、と考えている人が大半だろう。この価値観は、社会に出た多くの若者もしばらく持ち続けている。

しかし、人生も半ばほどに至ると、そういった「成長」を前提とした評価がもう自分には当てはめられないと気づく。どこまで行き着けるかよりも、自分のトータルはどれくらいか、今はそれを達成しているか、と考えて、「平均」的な見方をするようになる。老後の時間も含めて、トータルを割り算するようになる。

# 85 難しそうだと敬遠していると、いつまでも簡単にはならない。

難しいものには、普通は近づかない。僕もそうだ。あの人は難しい、とわかると離れるようにしている。難しい問題からも離れる。離れることで、遠くから眺めることができて、攻略のし方を思いつくこともあるし、そのまま放置の場合もある。

なんとなく、見方が変わって、もう一度近づいて、少しやってみると、さほどの抵抗もなくできてしまうこともある。これは、「難しい」ではなく、勝手に「難しそう」と思っていただけのものだったからだ。

少し試してみる、ということが大事なわけで、これをしないと、難しいかどうかはわからない。「難しそう」というのは、単なる印象だったり、あるいは人から聞いた噂だったりする。

「重そうだ」というのは見た目の推測だが、実際に持ち上げてみないと重いかどうかはわからない。科学的な根拠があれば別だが、通常は人の話から想像している。人によって、重さの感覚は違っているから当てにはならない。しかし、重さはまだだいたい誰にとっても重いものは重い。これが、「面白さ」になると、人の意見などまったく参考にさえならなくなる。でも、案外それを信じて、「面白くなさそう」と敬遠している人が多数見受けられる。

「挑戦してみないと」と言ったりするのだけれど、「挑戦」というほどのことではない。手を出したら怪我をするとか、もう戻れなくなるとか、そんな物騒なものは避けた方が良いけれど、面白そうなものなら、試してみれば良いのではないか。

お金と時間が無駄になることを心配して、なかなか試せない人がいるようだが、そういう人の方が、むしろ金や時間を無駄に使い、日々酔っ払ってぐだぐだと過ごしているように僕には見える。まあ、それがその人にとっての面白さなのだろう。

「難しい」と感じるのは、基準が高いからだ。百メートルを十秒で走るのは難しいが、試してみると、百メートルくらいは走れるものである。ただ、少し時間が余計にかかる。小説が一日に一万文字書けないなら五千文字、それが無理なら二千文字、とにかく一文字くらいは誰でも書ける。目標が高いから「難しい」。一旦は目標を下げて試してみると、自分にできることがわかる。目標を上げるのは、できるようになってからでも遅くない。始めたときには難しかったものが、いつの間にか簡単になる。何故簡単になったのかといえば、「始めた」からなのだ。

# 86

## オリジナルであれば、たいていは個性的で、似たものはない。

それは、人間というものが、一人一人本当に違っているからだ。似ている部分はあっても、全体としてはまったく違う。こんなに大勢がいるのに、見間違えるほど似ている人なんて滅多にいない。双子だって全然違う別人なのだ。

だから、自分で考えて、自分の思うようにしていれば、それだけで個性的になる。逆に、人の影響を受けて、外から取り入れているから、個性がなくなる。個性を隠すために、そういう隠れ蓑《みの》を被っているようなものだ。

子供に、個性的な人間に育ってほしい、と口では言いながら、みんなと同じかどうかを確かめている親が多い。我が子だけがみんなと違っていることを怖れている。違いを出そうとするのは、せいぜい洋服の色、ランドセルの色、その程度だ。

個性的であることの価値を、おそらく多くの人は信じていないのだろう。没個性であれば集団の中で生きやすいはずだ、と考えているのかもしれない。たしかに、社会の大部分では没個性が要求されることもある。みんなが同じファッションで就活している。そんな錯覚を持つのも自然かもしれない。

しかし、没個性というのは、個性的な人間にとっては簡単な切換えなのだ。「今日はちょっと大人しくしていよう」というだけで、シフトを変えることができる。一方、没個性の人が個性的に振る舞うことはほぼ不可能である。急にしようと思っても、誰かの真似になるので、けしてオリジナルではない。オリジナルでなければ、個性の基本価値がないことになるから、周囲も騙されるのは最初だけで、無価値だとすぐに見抜かれてしまう。

オリジナルは、自分で考えて生きること。これをしていれば、少しずつ個性的になる。数年もすれば、だいぶ違ってくる。べつに意識を高く持て、と言っているのではない。そういうファッション的なものに拘らず、ただ、すべてのことをよく考える。それだけである。流されない方が良いからといって、人に逆らおうとするのは本末転倒で、流される、流されないも、そのときどきにおいて自分で考えれば良い。

生き方を、他人に求めない。人にきかない。それだけでオリジナルになる。人と比較することもしない。ただ、周囲を良く観察するという意味では、人にも、自然にも、社会にも興味を持った方が良い。否、その興味も、自分で考えて決めれば良い。オリジナルは探してもどこにもない。いつもあなたの中にある。

# 87

## 配置換えが多すぎるのは、平等意識から来る被害妄想か。

日本の組織では、配置換えが頻繁だ。数年で違う部署へ移ることが多い。仕事に慣れた頃、効率が高まった頃に交替になる。すぐに交替することがわかっているから、仕事を最適化しない。自分がずっと続けるならば、発展的に解決する問題も、そのまま放置して、「恙無《つつがな》く任期を全うする」ことに徹しがちになる。

配置換えをするのは、一つには、利権が発生し、不正が起こりやすくなるのを防止するためだ。役目が引き継がれて、不正が明るみに出る効能もある。二つめとして、なるべく人材を回して、多くの部署を経験させるという名目もある。また、三つめは、これに近いが、不公平がないようにという平等意識だろう。あいつは良い環境にいる、という僻《ひが》みが出ないように、ということらしい。

この二つめの「多くを経験させる」というのは、それで育つ人もいるが、いい加減なまま、その場凌ぎでやり過ごす人も出るので、一長一短だ。三つめの平等意識は、部署というよりも、委員とか幹事とか、そんなグループ内で持ち回りの役目において顕著で、負担が集中しないように、という配慮からそうなる場合が多い。

しかし、配置換えは、長く続ければ仕事や環境に慣れるという人間の長所を台無しにしている。だんだん力を発揮するタイプには向かないシステムともいえる。もちろん、文系の仕事に比べると、理系の仕事は異動することが少ない。やはり、腰を落ち着けて取り組むテーマがあるからだし、技術が人につくからだ。一生同じ部署で役目を全うする人も珍しくない。

僕は理系である。大学では自分の専門があるから、仕事が変わることはない。ただ、大学を変わることはある。また、大学内で沢山の雑務があって、これらは次から次へ役目が変わる。学内委員会などはたいてい一年ごとに交替する。変わると引き継ぎをしなければならないし、初めての委員会は何をどうして良いのか、慣れるのに時間がかかる。ずっと同じだったら楽なのに、と感じることが多かった。

僕は、そういった雑務を単なる負担だと認識していたが、同僚の中には、それを「やりたい」と考えている人もいて、大変驚いた。たとえば、「主任」とか「委員長」とかは、名誉なことだと言うのだ。「名誉？　へえ……」とびっくりした。

町内会長とか生徒会長とか、ああ、そういえば、やりたい人がいたなあ、と思い出す。平等意識は、なりたいものを公平に分け合うものだったのかもしれない。

# 88

## 小説を書いたあと、そのテーマのものを読む癖がある。

　小説を書くまえに、関連するテーマのものを読むということは、僕の場合はない。取材をしたこともないし、資料を当って調べることもない。だから、知っている範囲で想像して書く。創作なのだから、現実と違っていてもかまわない。自分の世界を描くのである。僕の小説はそういうスタンスで創られている。

　執筆したあと、その方面に興味が湧いて、本を読もうかな、と思うことはときどきある。小説の執筆というのは、一定の時間、他者になって体験する行為に近い。だから、その経験を通して新しい対象に興味が湧く。書くことで、自分になんらかの影響がある。これが、大きいか小さいか、有意義かそれともほぼ無駄か、経験してみないとわからない。でも、おそらく小説を書くことの主たる価値だろう、とは思う。書いてもなにも変わらなかったら、面白くもなんともない。その場合は、印税が主たる目的になる。最低限その価値だけは保障されているので、書く価値はゼロではない。

　たとえば、ヴォイド・シェイパシリーズを書くまえに、僕は時代小説をまったく読んでいなかったし、戦国・江戸時代の本にもさほど興味はなかった。若いときに、吉川英治の「宮本武蔵」を読んだことがあるだけだ。ほかに、時代ものって、なにか読んだかな、と思い出せない。でも、三作ほど書いたところで、そういった方面のものを少し読みたくなった。江戸時代の史実を書いた本を何冊か読んだ。それで、小説になにか影響があったかというと、まるでない。でも、面白かった。

作品を執筆するときには、ほぼ同時にそれを読んでいる自分がいる。作者は、第一読者でもある。だから、読者が小説を読んで関連するものに興味を持つのは理解できる。多少違うのは、作者が自分の中に持っている読者は一人ではないこと。何人もいる。十人くらいは確実にいる。そういう読み方を書きながらするのである。したがって、読者よりも興味が湧く対象は広いかもしれない。

僕の場合、そうして読んだ本の内容から、「よし、次はこれを使おう」と思うことはない。本を読んでいるときは、完全な読者で、物語や論理や知識の中に没頭している。それらは、一旦同じ鍋に入ってしまい、煮ているうちに溶けて形がなくなる。そのスープから、新しい創作が生まれるのだが、何がどう影響したのかは、本人もわからないし、気にもしていない。

べつに小説を書かなくても体験はできる。体験したあと興味が湧くものは多い。

# 89 出力も大切だが、不出力もまた非常に大切。

入力するばかりでなく、適度に出力をしよう、ということを以前に書いた。「学ぶ」というのは入力であって、こればかりしていると、知識の肥満になって、軽やかな思考の障害になる。出力というのは、ものを考えて、それを表に出すことだ。

ただ、考えるだけで、表に出さないこともできる。この場合の「表に出す」というのは、「自分以外に伝える」の意味である。普通は、考えるだけでは思考はまとまらない。だから、考えたことを文章にする。文章をブログなどで発表する。これが表に出すという意味で、文字通りの「出力」になる。

表に出さない文章は、洗練されたものになりにくい。自分だけの文章は、えてして不完全で、時間が経ってから自分が読んでわからないこともある。この意味では、受け手の多い少ないはともかく、他者へ向けての発信は有意義だ。説明しようとして初めて考えがまとまることも多い。

しかし、あまりに簡単に出しすぎないことも、重要だと考える。毎日ブログを書いている人は、ついつい自分が決めたノルマに追われて、不完全なまま書いてしまう。書いているうちにまとまるから、と勢いに任せて書く。それが良い場合もあるが、良くない場合もある、ということ。

下書きくらいに留めて、公開しない文章を書くことが良いと思う。これは、僕はしていない（僕は下書きが頭の中にある）。でも、多くの人はした方が良いように観察される。ここで重要なことは、自分の内に溜めるという処理である。

たとえば、疑問があったとしよう。その疑問は、自分から出さなければ、常に自分に問われる問題になる。ことあるごとに思い出す。そのうちに、無関係と思われたものとの関係に気づくこともある。発想が現れて、綺麗に解決することもある。これをすぐに外に出すと、自分に問う時間が短くなるし、あるときは、外部から回答を知らされる。同じ解決であっても、自分から出る解決の方が、自分の将来には有利に働く。ここが簡単に片づけられない部分なのだ。言葉を変えるなら、自分に猶予《ゆうよ》を与え、自分に解決させてやる、それが自分の成長につながる、ということ。

疑問をすぐに知恵袋に書きこんで、教えてもらう人が多いようだが、それで得をしたと思ったら大間違いで、実は大損を重ねているのと同じだ。子供の頃に、なぞなぞの答を教えようとする出題者に、「待って、考えるから」と言ったではないか。

# 90 花よ蝶よと育てられた犬たち。

このまえ、「ちやほや」という表現について書いたが、そのときは、この語源が「蝶よ花よ」だとは知らなかった。本当だろうか。「ちや」は「蝶よ」に似ているが、「ほや」は「花よ」からだいぶ遠い感じだ。まあ、僕ごときが言うほどのことでもないか。

「蝶よ花よ」か「花よ蝶よ」か、順序はともかく、ようするに、「可愛い可愛い」とちやほやされて育てられたお嬢様のことを表現する言葉である。樋口一葉《ひぐちいちよう》が、自分はそんなふうに育てられて、重いものも持てないし、せいぜい文章を書くことくらいしか仕事ができないのだ、と書いていたような気がする（間違っていたらすみません）。それくらい言ってしまうくらい甘やかされているのがお嬢様の「良い」ところだったのだろう。今でも、「良い」ことだろうか。

僕は、娘をそんなふうには育てなかった（もちろん、息子もであるが）。それでも、彼女はけっこうお嬢様的な大人になった。少なくとも、母親よりはお嬢様だ。どうしてかわからない。彼女が小さいときは、うちは貧乏だったし、贅沢もまったくさせていない。

それに比べると、うちの犬たちは皆、花よ蝶よと育てられた。一日に五十回くらいは「可愛い」と言われているはずだ。はっきり言えることは、これが正直な感情表現だ、ということ。花は綺麗だが、可愛いとはあまり思わない。蝶も綺麗なものはいるけれど、可愛くはない。近くで見るとグロテスクで、あまり触りたくない。ということは、花よ蝶よというのは、「可愛い」よりは、「美しい」「綺麗だ」という方向性なのだろう。自分の娘をそんなふうに見るかな、と少し違和感を覚えるが。

この頃の子供たちは、昔に比べれば、褒められ、煽てられ、甘やかされて育っているはずだ。豊かになったので、子供に家事を手伝わせることも少なくなったし、子供自体が少ないから、それだけつぎ込める。これは、ペットでも同じで、最近のペットの贅沢さといったらない。人間よりも高い服を着ているし、美容院代とかもかかる。医療費なんか保険が利かないからめちゃくちゃ高いのだ。

「寵愛《ちょうあい》」という言葉があって、たいていの歴史に出てくる。偉い人の寵愛を受けた、なんてある。「なんだ、寵愛って」と引っ掛かる言葉だったが、最近の子供たちやペットを見ていると、「ああ、これか」と思うのである。

# 91 場所や環境に関する僕のトリック。

ごく初期の作品からそうなのだが、僕の小説に登場する場所は、現実の場所と地理的にずれている。地名や建物も頭の中で移動させて、別の場所に設置してから、物語を書いているからだ。

これは小説に限らず、日記やブログでも同じで、そのずれが小さいものから大きいものまである。読む人は、ときどき「あれ？」と思うはずだ。一例だが、僕の庭園鉄道は、欠伸軽便鉄道という名称だが、二〇〇〇年から「弁天ヶ丘線《べんてんがおか》」と名づけた路線の工事を行った。これが名古屋市の弁天が丘にあると多くの人が勘違いした。勘違いさせるように書かれている。実際には、名古屋でもないし愛知県でもない。森博嗣は名古屋に住んでいると勝手にみんなが思い込んでいただけである。

また、まったく同じ建物を別の場所に二軒建てたこともある。同じ建物というのは、わりと簡単に作ることができる。若干違うけれど、ときどきの写真ではわからない。こうすることで、一箇所にいても一箇所にいるように見せることができる。小説のトリックにありそうな設定だが、現実に可能だということが面白かった。

　こういったトリックは、僕以外の作家でも何人かが実際にやっている。読者はそれを疑わないみたいだ。大型バイクが趣味で何台も所有しているとか、ラスベガスに住んでいるとか、一年の半分はヨットに乗っているとか、などなど、いくらでも書けるので、いくらでも信じてしまうのである。

　たとえ、独身であっても、結婚しているように書くことは簡単だ。あるいは逆に、結婚しているけれど独身だと思わせるようにも書ける。自宅にずっといるのに、各地を旅しているとか、毎晩飲み歩いているとか、書くことはいとも簡単だ。

　こんな知合いがいるとか、こんな経験があるとか、そういったことも嘘八百語ることができる。政治家として立候補しないかぎり、経歴詐称と騒がれることもない。「たかが作家」であり、しかも虚構を「創作」する大嘘つきが仕事なのだ。

　スバル氏という人物が実在するかどうかわからない。いるかもしれないが、もう僕の奥様ではないかもしれない。それくらいの想像は、ミステリィファンならしても良さそうなものだが、いかがだろうか。え、アンフェア？

　真実を書いても信じてもらえないが、嘘を書くと信じてもらえる。つまりは、信じたいものを信じる、ということのようである。

# 92

## 「正しさ」をより確かなものにするのは、「誤った」情報である。

学術論文は権威のあるものではない。権威のある雑誌に掲載されても、それが正しいと決まったわけではない。こういった一論文を引用して、自分の説の補強をすることが多いのだが、単に賛同者が一名いるという程度の重みだと見なして良い。

それとは反対の結論を述べている論文もあるかもしれない。であれば、そちらも引用して、両者を比べて論じるとなお良い。そうすると、その二次文献は、少し信頼性が上がるから、のちの人はその二次文献を引用する方がベターとなる。

今ネットで流行の「まとめ」は、ただどこかのサイトをコピィしているだけだし、なにかに賛成の立場ならば、賛成しているものばかりを引用する傾向が顕著だ。これでは説得力が出ない。

反対意見を批判することで、自説の正しさを訴える例も非常に多いが、相手の説を否定するだけの意味であって、それが自説の正しさに結びつくかは別問題であることに気づいていない。賛成か反対か、という二極しかないとは限らないからだ。

ただ、正しいことを補強するために、誤ったことを取り上げて、それらを逐次否定するのは一つのやり方で、完全ではないものの、「確からしさ」みたいなものは高まる。「ほかにないのだから、やっぱりこれなのか」と相手に思わせる誘導として効果がある、ということ。逆にいえば、その効果しかない。

意見と情報は違う。意見には、信頼性というものがない。基本的に、正しい、間違っている、という属性が存在しないからだ。その意見が誰のものか、ということから、その人間の履歴に情報が加わる程度である。また、自分の意見との比較があって、その距離感だけが論じられる意味を持つ。

また、情報の信頼性というのは、他の情報によって補強されるが、これは多ければ良いという意味ではない。ネットの情報は、大半が単なる引用かコピィに過ぎない。そうではなく、違う視点、違う立場、違う表現による情報を拾うことで、そこに述べられていることが、どうやら「今のところは正しそうだ」と判断される。

この違う視点、違う立場、という点が重要なのだが、多くの場合、反対派の意見を集めようとしないから、結局、自分側も揺らいだままになる。

それから、実験や調査も、正しさを補強しているわけではない。その実験と調査もまた信頼性が問われる。ただ、わざわざそれをした積極性や誠実さだけが伝わる。

# 93 発想を育てる庭を持つこと。

思考の庭を持つことを以前から書いている。たとえば、本書のように、短いエッセイを沢山書こうとすると、何を書くかで一番考える。日頃から、種を蒔き、水をやって、環境を整えておけば、芽は自然に出るが、自然の土地で「さあ、探そう」と歩き回ってもなかなか見つかるものではない。

アイデア帳を作ろう、というのは、だいたい同じ主旨かもしれないけれど、アイデア帳を開いて考えてもなにも思い浮かばない。浮かんだときに、アイデア帳が手近にあればラッキィだ。家の方々にアイデア帳を置いておき、思いついたときに書き込む。庭で思いつくことが多いが、屋外にもノートを設置するのか。ようするに、こうした場合、そのノート群が、つまり「思考の庭」になってくる。

アイデアがないときでも、庭をぐるりと一周すれば(僕の場合は、これは鉄道に乗って巡る十分くらいの旅だ)、そこでいろいろなものを見て、聞いて、触って、思い出して、心配して、楽しみになって、それらから、本当に沢山の細かい発想が現れる。大きな発想だけを待っていると、ちっとも思いつかない。でも、小さい思いつきを見逃さず、そこから手繰《たぐ》り寄せて、きっと面白い考えに至ることができる。ただ、それが人に説明できるかどうか、文書に書き表せるかどうか、というのは別問題で、ここができないことの方がむしろ多数だ。文章が書けないという意味ではない。僕の場合、言葉で考えていないので、言葉にしようとすると消えてしまう。

何故あの樹はあんなに曲がっているのだろう。何故あの鳥は鳴いているのだろう。何故、何故、何故と考えて、また何故自分はそんなことを考えるのか、と考える。感じるとか、考えるのは何故なのか。それが生きていることだというなら、何故生きているのか。また、本当に生きているのだろうか。意識なんて、ただあるように思えるだけ、単なる錯覚ではないのか。しかし、錯覚する主体は何だ？

空の雲が形を変えるように、脳細胞の中で変化するものがあって、それを意識だと勘違いする。雲だって、本当は形などない。雲というものがあるように見えるだけなのだ。

でも、その雲の下に僕の庭はある。樹々が生い茂って、地面に届く木漏れ日は動いている。まるで、地面が変化しているみたいだ。しかし、地面も樹々も変わりはない。最も早く動くのは、庭ではなく、そこを通り過ぎる空気なのだ。

# 94 バックグラウンドのない意見は、単なる感情と見なされる。

ある一つのことに対して考え、それについて自分の意見を持ったとしよう。すると、それに関連して、別のものについても考えが及ぶ。Aは好ましくない、代わりにBでいく方が良い。すると、Cはどうする？ というように次々に意見を持たなければならなくなる。面倒なことだが、それがバックグラウンドのある意見といえるものであって、つまりはその人が考える世界のあり方みたいなものになる。

そういったトータルの世界観を持って、常に新しいものを取り入れ、どうあるべきかと修正をしていく。関りたくない問題にも、そのうちに踏み込むことになるかもしれないが、もしそれが嫌だったら、それに関連する周辺の問題は棚上げにして、中立で通すしかない。

つまり、意見というものは、一般に、単一の対象について是非を述べるだけには留まらない、ということである。たとえば、「戦争をなくそう」という綺麗な意見であっても、では、これはどうする、あれはどうしたら良い、という関連を考えなければば、単に好き嫌いという「感情」と同じ扱いにされる。ただ、それだけを「私は絶対に反対」と主張しても、「ああ、そんなに嫌いなんだね」と思われるだけで、意見として認識してもらえない。つまり、議論にならない。議論にならなければ、社会に影響しない。そこから新しい打開策は生まれない。

　民主主義になって、みんなが投票をするようになったけれど、多くの票は、意見ではなく感情であるから、正しい道が示されない例が目立ってきた。感情に流され、「嫌だ」で決めてしまうと、結果的に大きな損失が待っていて、もっと嫌な目に遭うことになる。民主主義がこの欠陥をどう修正していくのかが、注目されるところだ。

「Aに反対しているけれど、じゃあ、Bについてはどうするの?」という質問に答えられない人は、Aに関する議論に参加できない。「Bについては、誰かが考えてくれるし、なんとかなる。とにかく、私はAだけは駄目。絶対に譲れない」と駄々《だだ》を捏《こ》ねる。この「駄々」というのは、幼い子の我が儘《まま》のことだ。きっと、駄々を捏ねたらきいてもらえた子供時代だったのだろう。大人になっても、自分が信じるものを主張し続けることが大事だ、と考えている。「わかったわかった。はいはい。Aがそんなに嫌なの。可哀相だけどねぇ、しかたがないのよぅ」とあやされてお終いだ。そうなりたくなかったら、せめて「対案」を持つべきである。

# 95 「啓発を求めているわけではないけれど」と言い訳する人が多い。

「森博嗣は啓発書を出している」という噂を耳にする。心当たりがないが、新書で出したもののことかもしれない。そうか、啓発書なのか、それは気づかなかった。また、ある人は、「べつに啓蒙《けいもう》書を読みたかったわけではありませんが、面白そうなので買ってみました」と言い訳してから感想を述べていたりする。

啓発や啓蒙に接することが恥ずかしいことだという認識が世間に蔓延しているかに見える。変だな、そんなに世間体を気にするようなことだろうか、と不思議に感じたのだが、さらに注意して見ていると、あらゆることに、こういった言い訳から入る物言いが多いのに気づいた。

孤独の本を書いたら、「自分は孤独というわけではないが、面白そうだったので手に取った」とある。小説家の本を書いたら、「小説家になりたいわけではありませんが、なんとなく読んでみました」と言う。

ようするに、「お前はどうしてそんな本を読んだんだ?」と誰かに突っ込まれることに対する予防をしている。「そんな本を読むなんて、よほどそれに興味があったのだな」と言われないように言い訳をしているのだ。

自己啓発の本を読むなんて、人生や進路に迷っている人間だと思われそうだ、と自分で考えて、自分で否定している。他者が突っ込むようなことなどないのだが、過剰に意識してしまう。行動にはすべて確固たる理由があって、欲求とはすべて問題解決を目指すものだ、という観念に取り憑かれているようにさえ見える。

また、「書物は一般に、問題を抱えている人に向けて書かれているものだが、自分はそこまで落ちぶれていない。だから、軽い気持ちで、興味本位で読んだだけだよ」と言いたいのかもしれない。しかし、本を読む理由なんて、だいたい軽いものだし、ほとんどは「興味本位」なのではないだろうか。

マスコミが作り出したブームに自分は乗っていない、と主張しているようにも見える。出版社は、なんとなくそういったブーム的なタイトルをつけたがるし、オビにもそんな雰囲気を醸し出そうとする。実際は、かなり無理をして絞り出している。意識の高い読者には、そこが鼻につくのだろう。だから、「違うんだけどね」となる。

結論として言えることは、出版社のセールスがずれていること。それから、自分は違うんだけど、と思っている人が多数派であること。そう観察される。

# 96

## 味の深みというのは、結局は相反する刺激の混在である。

隠し味というものがあるらしい。実は蜂蜜が入っているとか、おっと驚くようなものが加わることで、味に深みが出る。料理に限らず、たとえば人間でも、単純な人よりも深みのある人格の方が魅力を感じさせるものである。それは、その人の中に、別の面が垣間見えたりするときにわかることでもある。

悲しいときに冗談を言って笑ってみたり、もの凄く怒っているのに優しいことが言えたり、楽しくて大喜びしているときに冷静な思考をしたり、そういった反対の性格を同時に持つことが、「大人だなあ」と思わせる要素の一つではないか。

子供とか、若い人は、そういった複雑さをまだ持っていない場合が多い。ということは、人間は最初は単純だということだ。優先する自分があって、とにかくはそちらを前面に出して生きる。しかし、社会の多様性、多数の人間というものに接して、相手がどう考えているのか、どう行動すれば有利か、ということを学習していくうちに、自分の中に複雑性を築くことになる。

シンプルなものに憧れる指向も、結局はこの複雑さに対する反動だろう。単純なものは美しく、またあるときは力強い。数学であれば、それは正しい。しかし、現実の人間社会においては、そういった美しさ、力強さ、正しさを主張すれば、人と人が争い、戦争になり、命を奪い合うことにもつながる。

そうならないようにするには、複雑なバランスを取るしかない。複雑なほど不安定だ。平和というものは、極めて不安定であり、そもそも安全ではなく、とても安心できない、いわば綱渡りのような状況なのである。

この綱渡りをしていることを忘れないでほしい。ロープの上で、好き嫌いで喧嘩をしている暇はない。感情を剥き出しにして怒ったり、罵り合っている場合ではない。平和は、人間の深みと同じように、相反するものを抱え込み、譲歩し、妥協し、冷静に話し合って、みんなで綱を渡ることなのだ。戦争は単純で、平和は複雑だ。

この「複雑さ」を持った人間が、ジェントルマンでありレディなのではないか、と思う。僕がそうだと言っているのではない。そうなりたいと考えている、ということである。

自分とは違う意見の他者を認めることが、議論の始まりだ。また、ものを考えるときにも、常に自ら反論することで、思考は深まる。

# 97

## 毎日を楽しくしたかったら、せめて前日に明日の準備をしよう。

ラジコン飛行機を飛ばす日の前日には、入念な点検をしなければならない。送受信機のバッテリィの充電はもちろん、各所のネジの弛《ゆる》みがないかとチェックし、あとは、持っていくものを確認、たいていは車に積み込んで、すぐに出発できるようにする。こうしておいても、天気や風によって飛ばせないことも多い。別の日になれば、また前日に全部準備をやり直すことになる。だから、天気が良いから今から行こう、と急に決められない。そのストレスがあったので、自宅のすぐ近くに飛行場を作ったら、という考えに至った。長年の夢といえる。

庭園鉄道は、いつでも気楽に乗れる。ただ、日頃から線路の整備をしておく必要がある。自然の中にあるわけで、昨日はなかった障害物が線路上に横たわっていることは日常茶飯事。したがって、その日の最初の運行は低速で、注意をしながら走る。

大きな工作をするまえには、「段取り」があって、その工作のための工作が必要になる。その日になって、「なんだか、今日はやる気があるな」だけでは始められない。やる気があっても材料がなければ作れない。材料を買いにいって、準備を整えた頃には、すっかり疲れてしまって、やる気がなくなっている可能性が高い。

きっと途中でそうなるだろう、と気を回して、最初からやる気をなくす人も多い。これが、「面倒だ」という気持ちである。僕は、この面倒臭がりの典型で、あれこれ考えるうちに、できなくなってしまうタイプだ。基本的に人よりも体力がない。だからできないのだ、とわかってもいる。

人並みにやる気を持つにはどうすれば良いのか、と子供の頃から考えた。召使いでもいたら良かったのだが、そこまでおぼっちゃまではなかったので、しかたなく、自分で準備をするようになった。準備をしたら、そこで今日はお終い。あとは、明日の自分に託そう。そういう方針だ。次の日になったら、やっぱり面倒でやる気は湧かないのだが、昨日の自分に申し訳が立たないから、しかたなく始める。

やっているうちに、少し楽しくなる。「もしかして、これがやる気?」とか思うのだが、本当のところはわからない。やる気を漲《みなぎ》らせる人を大勢見てきたけれど、あそこまで自分がなったことは一度もないから、まだまだやる気では足許にも及ばないのではないか、というのが自己評価だ。まあ、やる気はないけれど、楽しいのは確か。それで良いではないか、と今は思っている。

# 98

## 全力を出し切るよりも、常に余力を残す方が安心安全。

これは僕の父の方針の一つだった。だいたい、子供のときには、先生からもクラブの先輩からもドラマや漫画からも、すべて「全力を出せ」「力を出し切れ」と教えられる。そんななかで、僕の父だけは、「八分で良い」と言った。いつか全力を出すときが来る、というわけでもない。ずっと八分で良い、と言うのだ。また、食べるものも、満腹にならないように注意しろ、と教えられた。

袋を一杯にするな、また空にもするな、という教えである。これは、その両極端では、「余力」がなくなるからだ。

「自分はまだ本気を出していない」と自分に思わせたままで良い、とも言っていた。それはつまり、「自分はこんなものではない」という自己認識であり、簡単に自己満足するな、という意味になるかもしれない。これまで一番良かった結果が、自分の精一杯だったとしたら、それが限界になってしまう。それでは、いざというときに怯《ひる》んでしまうのではないか。おそらく、そうならないための方策として、父が考えた生き方なのだろう。

　少なくとも、息子としての僕は楽だった。一所懸命になるな、ということだから、なんでも適当にやれば良かった。成績が悪くても、まあしかたがない、成績が良くなっても、まあこんなものか、で済まされる。大学の受験も、確実に通りそうなところを受ければ良い、と言われた。高校の担任に、そこを受けますと言ったら、「どうしてもっと上を狙わないのか」と問われたが、「父がここで良いと言うので」と答えることができた。

　それで、僕自身は、どんなふうに考えているのかというと、はっきりとわからない。自分がしてきたことを振り返って、あれは一所懸命だったなとか、あのときは必死だったな、などとはあまり感じない。たしかに、いつも余裕を持ってやってきたようにも思う。でも、それがそもそも僕の実力の上限だったかもしれない。なにしろ、限界を出そうと思って出したことがないので、わからないのだ。

　限界を知らなければ、自分の実力がわからない、というようなことを書いたこともあるのだが、この限界というのは、過去に出力した最大値という意味であって、自分の中のボリュームの目盛りではない。そもそも、「余裕」なんてものは、「余命」のごとく、どれだけあるかなんて測れないものなのでは？

# 99

## 右に出させたら右に出る者がない。

僕は利き腕というものがない。左右どちらも使える。何度かそれについて書いてきた。左右がよくわからない。問われても瞬時に答えられないのである。ところが、世の中では「右」がわりと幅を利かせている。「右ネジの法則」というものがあるとおり、ネジは右に回すのが世界標準だ。「右へ倣《なら》え」という言葉もある。どうして、左に倣ってはいけないのだろう。

「計算をさせたら右に出る者がない」というように使う「右に出る」は、つまり「より優れている」という意味だ。では、「左に出る」のは劣った者なのだろうか。それとも、追い抜くときは右側からという交通ルールが適用されているのだろうか（左側通行だからこうなるのだが）。

右に出て前の車を追い抜く技が凄いドライバがいたら、「右に出させたら右に出る者がいない」という面白い表現になるが、いかがか。こんなことばかり考えさせたら右に出る者がいない、と言われるかもしれない。

同じ表現に、「比類なき」とか「無類」がある。これは、「比類なきこと無類」とか言えそうな気がする。こんなことばかり考えているから……。

世界の人間が絶滅して、僕一人が生き残ったとしたら、僕の右に出る者はいない。僕は比類なき者になる。しかし、これらの表現は、主語が優れている様を述べているのであって、比べる者の存在（人口分布など）に言及しているわけではない。現にたいていの場合は、「私が知る範囲では」が省略されていて、せいぜい周囲の二十人くらいの中では、という意味なのだ。世界中探したらそこまで断定はできないし、実際にそんな調査などしていない。

まあ、ケニアにもっと優れた人がいたとしても、すぐにその人物の右にやってくることはできない。飛行機に乗らないといけないし、お金がかかる。そういう状況を加味しているのかもしれない。考えすぎたら右に出る者はいなくなる。

「右手でナイフを振り回したら、右に出る者はいない」というのは可だろうか。「断崖絶壁に立ち、左を向くと、右に出る者はいない」はいかがだろうか。「タクシーに乗ったら、右に出る者はいない」とか、「全員が根っからの共産主義だったから、右に出る者はいない」は？　「過去に出された問題は以上のとおりである、したがって、右に出るものはない」などは、やや難しいか。

# 100 不器用貧乏とか貧乏貴族とか忘年老人とか年金就活とか。

以前に、少年少女向けのミステリィの依頼を受けたときに、「老年探偵団」というのを考えたのだが、編集者に話したら、「それはちょっと」と言われてしまった。僕は、編集者の意見を素直に受け入れる作家なので、この作品は実現しなかった。事件が解決するまでに探偵団の半数が寝込んでしまうという、非常にリアルで、現代社会の有り様を描いた問題作になるところだったが、なりそこねた。

「不器用貧乏」というのは、読んで字の如しである。藻掻《もが》いてもどうにもならない。「貧乏貴族」は、実際にちょくちょく見かける。忘年会をしている老人が「忘年老人」だが、べつに無理して忘れなくても覚えていない。「亡人老年」でも同じ？「年金就活」は、年金をもらいつつの就活である。これから多くなりそうだ。

なんとなく、そういったちょっと変わった言葉をいつも考えているわけではない。思いつくわけでもない。今たまたま考えて捻り出しただけだ。洒落系だと、「カラスの仮面」とか「ベルサイユの馬鹿」とかを今思いついた。こういう馬鹿馬鹿しいことは、滅多に書けるものではない。本書の最後だから、有終の美を飾る決めの言葉として、逆に、決めずに終わろうとしている。

森博嗣は、天《あま》の邪《じゃ》鬼だと言われるし、自分でも言っている。この天の邪鬼は、もとは御伽噺《おとぎばなし》に出てくる悪者で、仁王像などが足で踏んでいる奴だ。人に逆らってばかりいる。人に逆らうのは悪いことだったのだ。でも、今は、みんなと違うことをしたり、違うことを言っても、嫌な顔をされるくらいで済むようになった。また、みんなと違うことを考えるのは自由だ。考えていることは、誰にも知られないから、大手を振って考えて良い。「こんなことを考えるなんて、私は変なのかしら」などと思う人もいるようだが、そんな人間は想像上の妖怪みたいなもので、現実には存在しないから、気にする必要はない。

なにを考えても良いが、法律に違反することだけは、実行すると損である。リスクを充分に考えるように。他人のことが気になって、我慢ができない場合でも、直接的な攻撃をすると違法になることがあり、仁王様に踏まれる結果になるので惨めだ。

信じてもらえないかもしれないけれど、変なこと、非常識なこと、人と違うこと、そんなことをわざと書いて仕事にしている奴もいるのだ。そのことを少しだけ気に留めておこう。君ももう少し変でも良い。もちろん、今のままでも良い。じゃあ。

# 解説——迷惑な知り合い

土屋賢二（お茶の水女子大学名誉教授）

正直に打ち明けると、森氏のことは尊敬しているが、わたしには迷惑な存在である（「尊敬しているのに迷惑」な例は少なくない。キリストを友達にもてば、尊敬するキリストから、しょっちゅう行動を責められ、悔い改めることを求められて迷惑だし、妻が尊敬すべき天才的科学者なのに夫に暴力をふるう場合も迷惑だ）。

森氏との対談本を出版した後、新入生歓迎会があった。入学直後は、教師に対する学生の尊敬心がピークに達するときである。歓談の時間になると、目を輝かせた新入生達がわたしのまわりを取り囲んだ。女子大だから全員女性である。新入生だから全員十八歳前後である。この状況に置かれて幸福感に包まれない男がいるだろうか。

やっと至福のときが来た。長らく不遇に耐えてきたが、急にモテ期が訪れたのだ。抑えようとしても顔がほころんでしまう。一人の新入生が顔を輝かせて「先生、すごいですね」と言った。何がすごいのか分からないまま、喜びを噛《か》みしめていると、その新入生が続けた。

「森博嗣先生と知り合いだなんて！」

目を輝かせた理由が自分ではないことを知って、冷や水を浴びせられた気持ちに襲われない男がいるだろうか。

そのあとは森氏がどんな人なのか、なぜ知り合いなのか、などと質問攻めにされ、わたしはぬか喜びのショックから立ち直れないまま、深い失望感を押し殺して質問に答えた。

「一見すると浪人生みたいだが、よく見ると五浪している浪人生のようだ。でも人間的にはなかなかできた男だよ。悪気はないし、わたしの想像だけど、たぶん前科はないと思うよ。早口だから、彼と話をしているときはリラックスできない。会話中はとても眠れたものじゃない。ただ落ち着きがないくせに貧乏ゆすりはしない。たぶん貧乏じゃないか、貧乏ゆすりをするだけの運動神経がないか、その両方かだろう。原稿をゆっくり書くこともできないようだ」

こういった説明をすると、学生たちの顔は興味にますます輝きを増す。わたしが「森さんとディズニーランドに行った」とか「森さんの作った模型の汽車に乗せてもらった」と言うたびに感嘆の声が上がる。ふだん感嘆されたことがない者がこういう状況に置かれて調子に乗らないでいられるだろうか。

思わず、「森さんに金を貸した」とか「ミステリのアイデアを教えた」とか「文章の書き方をアドバイスした」「コンクリートの基本を教えた」などと嘘をつきそうになる。

嘘は抑えたが、調子に乗った勢いで、「サインがほしければ、いつでもわたしに言ってくれれば、森さんの代わりにサインしてあげるよ」と言ったため、わたしの評判が落ちただけの結果に終わった。

こうして、わたしは森氏と知り合いであるばっかりに冷や水を浴びせられた上に、新入生が入学して最初に味わう幻滅を与えてしまった。これが迷惑でなくて何であろうか。森氏にはわたしと学生たちに謝ってもらいたいと思う。

同様の出来事が数回あったが、それ以外にも森氏のおかげでメンツをつぶされたことが何度かある（ちなみにわたしは人一倍メンツにこだわる男である）。

わたしは原稿の執筆にとりかかるのも遅く、執筆速度も遅い。執筆時間も短い。これで原稿を量産するのが夢だ（この夢を実現する方法は模索中だ）。大学に勤めていたころは、原稿が遅れたり、依頼を断るときは、「大学教師をやっているから忙しい」と言い訳していた。実際に内心では「大学教師の仕事をなめてもらっては困る。大変な仕事なんだ」と世間の無理解を嘆いていた。

だが森氏の存在を知って以来、その言い訳は使えなくなった。実際、彼は迷惑なことに、デビュー当初から大学教師の仕事をこなしながら、わたしよりも短い執筆時間でわたしの何十倍もの原稿を書いていたのだ。まるで人気作家みたいだと思っていたが、実際に押しも押されもせぬ人気作家になった。わたしは自分では、一日かかって原稿用紙を一枚書き、次の日にはそれを捨ててしまう文豪タイプだと思っていたが、文豪タイプなのは執筆速度だけだということが判明した。

そう言えば、わたしは子どものころから文章を書くのが苦手で、作文は親に書いてもらっていたから無理もない。と思ったが、森氏もミステリを書く前は文章を書いたことがなかったというから、この言い訳まで封じられた。

速く書けないと嘆くわたしを、当時小説しか書いていなかった森氏は「小説とエッセイでは違う。エッセィの方がはるかに時間がかかる」と慰めてくれた。「そうだったのか！　人の能力にそれほど違いがあるわけがない。考えてみれば、高等数学の答案を書く方が、〈もう二度と財布からお金を抜き取りません〉と百回書かされるより時間がかかる。内容が違えば所要時間も変わるのだ」と納得し、そのことばを心のよりどころにして生きてきた。

だが、森氏は数年前からエッセィを書くようになったばかりか、驚異的なペースで量産し、しかも小説よりエッセィの方が森氏自身には自然だとまで言う（§67）。ダマされた。何が「エッセィは時間がかかる」だ！　森氏が与えてくれた心のよりどころを森氏自ら奪ったのだ。崖を這い上がるわたしにロープを投げておきながら、それを放すような所業だ。こうして森氏はわたしから「エッセィだから速く書けない」という言い訳まで奪ったのである。

なぜ森氏は速く書けるのか。その方法は本書に書いてある。ロボットのように書く（§31）から、悩むことも苦しむこともない。努力したこともないし、スランプもない。なにも考えずさらさら書く。さぼらずに一日一万字書くだけだ（§73）という。言われてみれば簡単なことばかりだ。いままで難しく考えすぎていた。ちょうど「一夜にして億万長者になる方法」は「一夜で百億円稼げばいい」というのと同じぐらい簡単だ。

問題はエッセィのネタだ。それを思いつくのが一番大変な作業だ。その理由は明らかだ。毎日九死に一生を得る経験をしていればネタには困らないが、わたしの生活はあまりにも変化に乏しい。大学に勤めていたころも定年になってからも変化に乏しく、死ぬまで「以下同文」の毎日を送るだろう。そんな生活をしていて書くことが見つかるわけがない。ネタに困って、駅から大学までの行き方を書いたことさえあるのだ。

だが、森氏はわたしと同じように変化のない生活をしながら無尽蔵とも言えるほどネタを考えつく。彼が取り上げるテーマは、社会現象、言語の分析、生き方、社会制度への提言、一般人の先入観など、多岐にわたっている。あらためて見てみると、これだけ多くの分野があるのだから、書くことを何も思いつかない方が不思議だが、わたしは、どんな不思議なことでも、自分に不利なことなら実現させてしまう男だ。

しかも森氏の着想も問題意識も哲学的である（§78などは完全に哲学の問題である）。哲学はわたしの専門分野だ。森氏はわたしの領土を踏み荒らすように次々に獲物をさらっては書きまくっているのだ。自分の漁場を底引き網でごっそりさらわれるのを指をくわえて見ている漁師の心境にならない者がいるだろうか。コンクリートの分野で見返したくても、コンクリはわたしの頭蓋骨より硬いという程度の知識しかない。

とにかく森氏は「変化がないから書けない」というわたしの逃げ道もふさいでしまった。

森氏がどうやってアイデアを考えついているのか。本書にその方法を公開している(§93)。小さい思いつきを見逃さなければ面白い考えに至ることができる、と。実に簡単だ。見逃さなければいい。実際に一時間、目を皿のようにして蟻一匹見逃さないようにしてみたが、何一つアイデアは浮かばなかった。森氏は、アイデアの多くは言葉にできないと言う(文字にする何倍もアイデアを思いついているのだ)。もしかしたらわたしが思いつくアイデアは、意識にのぼらない種類のアイデアなのかもしれない。

これほどわたしと似た境遇で、似た仕事をしていて、これほどわたしの逃げ道をつぶす人はただ一人、森氏だけだ。これ以上迷惑をこうむらないようにするためには、森氏より長生きするしかないが、どう考えてもわたしの方がストレスで早く死ぬはずだ。

森氏の文章は簡潔でクリアで小気味よいが、その根本は生き方にある。他人の評判は気にしないから、無駄な気を遣わない。だから謙遜もせず、ストレートに書く。わたしのように頼みごとをするときは遠回しにしか頼めず、いつも人の顔色をうかがう、卑屈な人間になってみてもらいたい。何を書いてもどんな行動をしても自信がもてず、「これでいいのか」と不安になるはずだ。

森氏は文章も生き方もスッキリしていて迷いがない。彼の本の読者は、森氏の生き方に魅力を感じているに違いない。実際、これほど人間関係の葛藤も、感情や欲望と理性の葛藤も乗り越え、生き方をめぐるすべての問題に決着をつけ、ストレスから解放された人を見たことがない。しかも死への覚悟も含め、あらゆることを考慮に入れた上で主要問題に決着をつけているのだ。こういう生き方に憧れない者がいるだろうか。

わたしが森氏に勝っているのは、後悔と反省の能力と、言い訳に失敗する能力と、森氏に迷惑をかけられる能力だけだ。森氏とは対照的に、「書けず、売れず、心晴れず」だ。結果的に、わたしは何と無欲な人間だろうか。

念のために書き添えるが、森氏がわたしのように苦悩の毎日を送りたいなら、いつでもノウハウをお教えするつもりだ。毎日苦悩すればいいと。

# 森博嗣著作リスト

（二〇一五年一二月現在。講談社刊。＊はまもなく講談社文庫に収録予定）

## ◎S&Mシリーズ

すべてがFになる／冷たい密室と博士たち／笑わない数学者／詩的私的ジャック／封印再度／幻惑の死と使途／夏のレプリカ／今はもうない／数奇にして模型／有限と微小のパン

## ◎Vシリーズ

黒猫の三角／人形式モナリザ／月は幽咽のデバイス／夢・出逢い・魔性／魔剣天翔／恋恋蓮歩の演習／六人の超音波科学者／捩れ屋敷の利鈍／朽ちる散る落ちる／赤緑黒白

## ◎四季シリーズ

四季　春／四季　夏／四季　秋／四季　冬

## ◎Gシリーズ

φ《ファイ》は壊れたね／θ《シータ》は遊んでくれたよ／τ《タウ》になるまで待って／ε《イプシロン》に誓って／λ《ラムダ》に歯がない／

η《イータ》なのに夢のよう／目薬α《アルファ》で殺菌します／ジグβ《ベータ》は神ですか／キウイγ《ガンマ》は時計仕掛け（＊）

◎Xシリーズ

イナイ×イナイ／キラレ×キラレ／タカイ×タカイ／ムカシ×ムカシ（＊）／サイタ×サイタ（＊）

◎百年シリーズ

女王の百年密室（新潮文庫刊）／迷宮百年の睡魔（新潮文庫刊）／赤目姫の潮解（＊）

◎Wシリーズ

彼女は一人で歩くのか？（講談社タイガ）

◎短編集

まどろみ消去／地球儀のスライス／今夜はパラシュート博物館へ／虚空の逆マトリクス／レタス・フライ／僕は秋子に借りがある　森博嗣自選短編集／どちらかが魔女　森博嗣シ

リーズ短編集

◎シリーズ外の小説

探偵伯爵と僕／銀河不動産の超越／喜嶋先生の静かな世界／実験的経験

◎クリームシリーズ（エッセイ）

つぶやきのクリーム／つぼやきのテリーヌ／つぼねのカトリーヌ／**ツンドラモンスーン**（本書）

◎その他

森博嗣のミステリィ工作室／１００人の森博嗣／アイソパラメトリック／悪戯王子と猫の物語（ささきすばる氏との共著）／悠悠おもちゃライフ／人間は考えるＦになる（土屋賢二氏との共著）／君の夢　僕の思考／議論の余地しかない／的を射る言葉／森博嗣の半熟セミナ　博士、質問があります！／ＤＯＧ＆ＤＯＬＬ／ＴＲＵＣＫ＆ＴＲＯＬＬ

☆詳しくは、ホームページ「森博嗣の浮遊工作室」
(http://www001.upp.so-net.ne.jp/mori/)　を参照

本書は文庫書下ろしです。

|著者| 森 博嗣　作家、工学博士。1957年12月生まれ。名古屋大学工学部助教授として勤務するかたわら、1996年に『すべてがＦになる』（講談社）で第１回メフィスト賞を受賞しデビュー。以後、続々と作品を発表し、人気を博している。小説に『スカイ・クロラ』シリーズ、『ヴォイド・シェイパ』シリーズ（ともに中央公論新社）、『相田家のグッドバイ』（幻冬舎）、『喜嶋先生の静かな世界』（講談社）など、小説のほかに、『自由をつくる 自在に生きる』（集英社新書）、『孤独の価値』（幻冬舎新書）などの多数の著作がある。2010年には、Amazon.co.jpの10周年記念で殿堂入り著者に選ばれた。ホームページは、「森博嗣の浮遊工作室」（http://www001.upp.so-net.ne.jp/mori/）。

ツンドラモンスーン　The cream of the notes 4

森《もり》 博《ひろ》嗣《し》



講談社文庫

定価はカバーに
表示してあります

2015年12月15日第１刷発行
2016年７月５日第３刷発行

発行者――鈴木　哲
発行所――株式会社　講談社
東京都文京区音羽2-12-21　〒112-8001
電話　出版（03）5395-3510
　　　販売（03）5395-5817
　　　業務（03）5395-3615

デザイン―菊地信義
本文データ制作―講談社デジタル製作
印刷―――信毎書籍印刷株式会社
製本―――株式会社国宝社

Printed in Japan



ISBN978-4-06-293269-1

# 講談社文庫刊行の辞

二十一世紀の到来を目睫に望みながら、われわれはいま、人類史上かつて例を見ない巨大な転換期をむかえようとしている。

世界も、日本も、激動の予兆に対する期待とおののきを内に蔵して、未知の時代に歩み入ろうとしている。このときにあたり、創業の人野間清治の「ナショナル・エデュケイター」への志を現代に甦らせようと意図して、われわれはここに古今の文芸作品はいうまでもなく、ひろく人文・社会・自然の諸科学から東西の名著を網羅する、新しい綜合文庫の発刊を決意した。

激動の転換期はまた断絶の時代である。われわれは戦後二十五年間の出版文化のありかたへの深い反省をこめて、この断絶の時代にあえて人間的な持続を求めようとする。いたずらに浮薄な商業主義のあだ花を追い求めることなく、長期にわたって良書に生命をあたえようとつとめるところにしか、今後の出版文化の真の繁栄はあり得ないと信じるからである。

同時にわれわれはこの綜合文庫の刊行を通じて、人文・社会・自然の諸科学が、結局人間の学にほかならないことを立証しようと願っている。かつて知識とは、「汝自身を知る」ことにつきていた。現代社会の瑣末な情報の氾濫のなかから、力強い知識の源泉を掘り起し、技術文明のただなかに、生きた人間の姿を復活させること。それこそわれわれの切なる希求である。

われわれは権威に盲従せず、俗流に媚びることなく、渾然一体となって日本の「草の根」をかたちづくる若く新しい世代の人々に、心をこめてこの新しい綜合文庫をおくり届けたい。それは知識の泉であるとともに感受性のふるさとであり、もっとも有機的に組織され、社会に開かれた万人のための大学をめざしている。大方の支援と協力を衷心より切望してやまない。

一九七一年七月

野間省一

# 講談社文庫　目録



2016年6月15日現在